老師的話

本書收錄新日本語能力測驗最新題型　全書共五回

每回考題各有 3 大部分

1. 文字. 語彙（問題 1~6）

2. 文法（問題 7~9）

3. 読解（問題 10~14）

_____

每回測驗時間為　105 分鐘

請以應考的心情　寫完每一回模擬題

建議測驗時間　分配參考如下：

文字. 語彙	文　法	読　解
25 分鐘	25 分鐘	55 分鐘

對完答案後　請參照本書簡易估算表自行估算分數

（估算表附在每回測驗後）

掃 QR CODE 可看蔡倫老師的影音詳解

NOTE _____

N2 全真模擬試題

目 錄

N2 全真模擬試題
目　錄

N2 模擬試題 5 回

蔡倫老師 完整影音解析 QR CODE 索引

	問題 1~6	問題 7~9	問題 10.11	問題 12~14
第一回	P1	P9	P17	P33
第二回	P45	P53	P61	P75
第三回	P87	P95	P103	P121
第四回	P131	P141	P151	P167
第五回	P177	P185	問題 10 P193	問題 11~14 P199

如何透過 QR CODE 掃碼看影片

1. 手機看影片：手機 LINE 的內建功能掃碼 → 即可看影片

2. 平板（Pad）或筆電看影片：LINE 的內建功能掃碼

                       或 下載 google 相機掃碼 → 即可看影片

3. 桌電看影片：透過手機 LINE 掃碼後 → 開啟影片

           → 點選影片下方 *分享* → 分享到自己的 E-MAIL

        （或存成 E-MAIL 草稿）→ 即可透過此連結看影片

NOTE _____

第 一 回

問題1~6影片解析

>>> 言語知識（文字・語彙） <<<

問題1 ＿＿＿＿のことばの読み方として最もよいものを、
　　　　１・２・３・４から一つ選びなさい。

1 ふすまの隙間から部屋を覗（のぞ）くと、誰かが寝ているのが見えた。

　　1 すきま　　　2 あきま　　　3 すさま　　　4 おさま

2 全体としては前年を上回る水準を保っている。

　　1 もって　　　2 たもって　　　3 まもって　　　4 すくって

3 既存の報道機関がいかに壊れやすく脆い状態にあるかを理解
してもらいたい。

　　1 のろい　　　2 にぶい　　　3 もろい　　　4 こわい

4 醤油・味噌などの発酵食品（はっこうしょくひん）の原料として、また麦ご飯に
用いられています。

　　1 むこ　　　2 むご　　　3 むき　　　4 むぎ

5 今日は和やかなムードで家族と一日を過ごした。

　　1 あざやか　　　2 おだやか　　　3 なごやか　　　4 すみやか

問題2 ＿＿＿＿のことばを漢字で書くとき最もよいものを、
　　　　1・2・3・4から一つ選びなさい。

6 不審なメールを受信しても決して返信しないように注意を
うながしている。

    1 呼して　　　　　2 喚して　　　　　3 使して　　　　　4 促して

7 今日はかいせいです。　ただ 冷たい 風が吹いている。

    1 快清　　　　　2 快晴　　　　　3 開成　　　　　4 回晴

8 夕刻は吉^{きち}といわれています。ことに午後は、大吉^{だいきち}といわれて
います。

    1 更に　　　　　2 別に　　　　　3 殊に　　　　　4 特に

9 むなしい人生を送ることのないように心がけている。

    1 空しい　　　　2 無らしい　　　3 乏しい　　　　4 目覚しい

10 出された作文の中にせいしょするようなものがいっぱいある。

    1 正書　　　　　2 製書　　　　　3 清書　　　　　4 精書

問題3 （　　）に入れるのに最もよいものを、1・2・3・4 から一つ選びなさい。

11 大ヒットした癒し（　　）ピアノ曲を聴いたことがありますか。

　　1 系　　　　2 組　　　　3 式　　　　4 的

12 だいたい3回が平均ですが、ひどい日は1時間（　　）
　　起きます。

　　1 おきに　　　2 にごとに　　　3 ずつ　　　4 をとおして

13 人に対して怒りをぶつけるのがなぜか（　　）作法に思えたり、
　　かっこ悪いと思ったことはないだろうか。

　　1 没　　　　2 不　　　　3 非　　　　4 未

問題4 （　）に入れるのに最もよいものを、1・2・3・4 から一つ選びなさい。

14 （　）で本を読んでいたので、妹が部屋に入ってきたのに 気がつかなかった。

1 無我　　　　　2 夢中　　　　　3 無中　　　　4 熱中

15 駅前の新しいレストランは、料理もおいしいし、店の （　）も良い。

1 けしき　　　　　　　　　2 かんじょう

3 ふんいき　　　　　　　　4 じょうたい

16 彼はカツ丼を十杯食べたんだって。（　）大盛りで。

1 しかし　　　　　　　　　2 また

3 しかも　　　　　　　　　4 それどころか

17 ぼうっとしていたら、（　）事故に巻き込まれるところだった。

1 たぶんに　　　　　　　　2 あやうく

3 かならず　　　　　　　　4 たしかに

18 いい（　）で電車が来て、思ったより早く会場についた。

1 チャンス　　　　　　　　2 タイム

3 アワー　　　　　　　　　4 タイミング

19 今日の彼の言動に触れて、彼に対する（　　）を新たにした。

1 認識　　　2 認知　　3 意識　　　4 常識

20 24を6で（　　）、4になります。

1 かけたら　　　　　　2 たしたら

3 わったら　　　　　　4 ひいたら

問題5 ＿＿＿＿に意味が最も近いものを、1・2・3・4から 一つ選びなさい。

21 手遅れにならないように、とにかく一度病院に行ったほうが いいと思う。

1 なにとぞ
2 わりと
3 何にせよ
4 たしかは

22 家が貧乏だったので、中学を出たらすぐに働けといわれました。

1 とぼしい
2 まずしい
3 いとしい
4 したしい

23 私が忙しいとき、兄夫婦がいつも息子の面倒を見てくれました。

1 世話をやいて
2 邪魔をかけて
3 手数を見て
4 厄介をもらって

24 環境保護をめぐる議論はいま、ゴールではなくスタートです。

1 議論点
2 反省点
3 終着点
4 決勝点

25 来月仕事で日本をおとずれる。

1 うらむ
2 うかがう
3 あける
4 いためる

問題6 次の言葉の使い方として最もよいものを、1・2・3・4から一つ選びなさい。

26 実績

1 そういう実績至上主義的な賃金決定ならば、中小企業は必ず低賃金になる。

2 丸紅建設株式会社の実績紹介のサイトにはいろいろなものがある。

3 内閣の実績は生前には皆に認められなかった。

4 学力が低い子供の実績を伸ばす学習方法を紹介する。

27 あえて

1 お金が余っていたので、あえて彼にあげてしまった。

2 彼は疲れた挙句、あえて熱をだしてしまった。

3 彼はあえて正解を知っていたが、答えなかった。

4 彼の言葉には、あえて同情の余地はない。

28 つきっきり

1 君のそばにつきっきりでいることは今一番したいことだ。

2 父の仕事につきっきりをするのも親孝行の一つだろう。

3 つきっきりで人を疲れさせるゲームはいつになったら終わるのか。

4 つきっきりに機械の稼動を見守ることは私の仕事だ。

29 身元

1 すみません、お身元はどちらですか。

2 私は田舎の身元で、都市の育ちです。

3 先日発見された水死体の身元がまだ判明しません。

4 きのう身元相談に行ったのですが、最近は健康運が
あまりよくないというのです。

30 下宿

1 下宿人としてここに二、三年も住んでいた。

2 今度のツアーでは下宿したホテルは全部高級だった。

3 この二、三日どこに下宿したらいいか。

4 下宿とは国などが建てた公務員のための宿舎である。

第 一 回

問題7~9影片解析

>>> 言語知識（文法・読解）<<<

問題7 次の文の（　　）に入れるのに最もよいものを、
　　　1・2・3・4から一つ選びなさい。

31 かばんを網棚に置いたのを忘れ、もう少しでそのまま電車を
（　　）。

1 おりるよりなかった

2 おりるところだった

3 おりずにすんだ

4 おりてしまった

32 A：「ねえ、お願い。お願いだから。ね、ね、いいでしょう？」

B：「そんなこと（　　）、だめなものはだめ。あきらめなさい。」

1 言ったら	2 言ったって
3 言っちゃって	4 言っちゃったって

33 だれにも言わないで突然結婚するなんて、いかにも彼女の
（　　）ことだ。

1 やりそうな	2 やるような
3 やるらしい	4 やるみたいな

34 「来日して、下宿先も決まったし、（　　）大学入試の
準備をはじめよう。」

1 すっかり　　　　　　　　2 さっそく

3 突然　　　　　　　　　　4 とうとう

35 お客さま、大変申し訳ありませんが返品は（　　）。

1 お受けいたしかねます

2 お受けになりかねます

3 お受けになりかねません

4 お受けいたしかねません

36 芸能人の相次ぐ薬物使用のニュースに驚きを（　　）。

1 かくさないではない

2 かくさずにはいられない

3 かくさざるをえない

4 かくすまい

37 学生：先生、事務の人にここに先生の印鑑もらってくる
　　　　（　　）。

先生：あ、そう。わかりました。

1 と言ったんですが

2 と言いましたが

3 ように言われたんですが

4 ように言われるんですが

38 A：「ねえ、夏休みの北海道旅行どうだった。」

B：「（　　　）、北海道は涼しいだろうと思って行ったのに、

涼しいどころか、毎日暑くてまいったよ。」

1 それがさ

2 それじゃ

3 それには

4 それでね

39 「モーニングコール業」という新しいサービスが始まった。

毎朝何時、という注文をうけて、その時間に電話で（　　　）。

1 起こすのである

2 起こされるのである

3 起こすことである

4 起こされることである

40 友達にマージャンに誘われるような場合にも、今日は少し

疲れているからやめておこうとか、今晩は暇だから（　　　）

とかの判断を下すでしょう。

1 やってしまおう

2 やってもらおう

3 やっておこう

4 やってやろう

41 「待っている人がいるなんて、しあわせじゃない。私みたいに
誰もいない女（　　　）いるんだからなあ。」
　　1　ばかり　　　　2　だって　　　3　とか　　　　4　だけ

42 放置された自転車の群れは、日本人のみだれた道徳感の欠如を
映しているように（　　　）。
　　1　みえてならない
　　2　みられてならない
　　3　みえてはならない
　　4　みられてはならない

問題8　次の文の＿★＿に入る最もよいものを、1・2・3・4から一つ選びなさい。

43 夫が節約してお弁当を持って ＿＿＿＿ ＿★＿ ＿＿＿＿ ＿＿＿＿
贅沢なランチをしている。
　　1　友達と　　　　　　　　　2　妻は昼に
　　3　いっぽう　　　　　　　　4　行っている

44 わたしはいつも ＿＿＿＿ ＿＿＿＿ ＿★＿ ＿＿＿＿
体重は変わらない。
　　1　食べるが　　　　　　　　2　よく食べる
　　3　人の倍は　　　　　　　　4　わりには

45 日本では茶碗を手に持って ＿＿＿ ★ ＿＿＿ ＿＿＿

食べるそうだ。

1 韓国では

2 食べる

3 のにたいして

4 茶碗を置いたまま

46 細かいことはわからなくても ＿＿＿ ＿＿＿ ★ ＿＿＿

＿＿＿ けっこうです。

1 おおざっぱに　　　　2 言いたいことが

3 もらえば　　　　　　4 分かって

47 外見をかざると同時に、＿＿＿ ＿＿＿ ★ ＿＿＿

努力することが必要だと言っています。

1 よう　　　　　　　　2 負けない

3 中身になる　　　　　4 それに

**問題9　次の文章を読んで、文章全体の趣旨を踏まえて、
48 から 52 の中に入る最もよいものを、1・2・3・
4から一つ選びなさい。**

　日本に関する異文化圏からの問いかけが多くなり、 48 、深まっ
てきたことは、異文化圏における日本人への関心が高まっていること
を示している。このような、異文化圏とのかかわりのなかで、日本へ
の関心のたかまりは、日本の内国的な日本学自身のなかから、自発的
に発生したものではない。いわば、国際的な視野をもった日本学は日
本の国内の必要性に応じて生じたものではない。それでは、何故、そ
れほど、急速に、日本への関心が高まってきたのであろうか。それは、
いうまでもなく、二十世紀の中葉以降、日本が敗戦の惨めな生活状況
を克服して、先進国の仲間入りを 49 、経済的、技術的に発展し、
経済大国として豊かになったからである。日本に対する関心の高まる
 50 、日本の近代化の秘密を探究し、その（注1）余徳にあやかる
ことを目的としているものもあるであろう。

　そうすると、日本研究を国際的に刺激する機縁となったものは、い
うまでもなく、日本の文化 51 。日本経済や技術などの発展が問わ
れることになり、それにつづいて、それらの基礎になっている日本人
の精神的、物質的な原動力は何かが尋ねられるようになったのである。
しかし、いずれにしても、日本の文化の分野にむかって、世界の関心

が深められてきたことは、日本への関心が円熟したことを示すもので
もあろう。私たち、人文系統の分野の研究に従事するものは、こうし
た、国際的な動向のなかで、初めて、所謂、日本研究が注目されてき
た（注2）経緯を忘れてはならない。また、文化の研究者は、経済的・
技術的な日本の発展は、必ずしも、　52　の発展では無かったことを
忘れてはならない。

（注1）余徳：あとまで残る恵み。

（注2）経緯：成り立ち。

48

1 つまり　　　　2 かつ　　　　3 あるいは　　　　4 そのため

49

1 することがあるまでに

2 することができるまでに

3 することがあるほど

4 することができるほど

50

1 なかで　　　　2 うちに　　　3 かぎり　　　　4 ところに

51

　1 そのものではないかということになる

　2 そのものではないようになる

　3 そのものではなかったことになる

　4 そのものではないかというようになる

52

　1 近代化　　　2 途上国　　　3 異文化圏　　　4 精神文化

問題 10　次の（1）から（5）の文章を読んで、後の問いに対する答えとして最もよいものを、1・2・3・4から一つ選びなさい。

問題10.11影片解析

（1）

以下は紅葉大学の研修施設の利用申し込みの知らせである。

紅葉大学研修施設「のぞみ」の利用申し込みについて

電話　042-534-***

ＦＡＸ　042-534-***

（1）申し込み窓口

A館二階　学生課

（2）予約受付日

教職員：利用日の前々月 10 日から

学生　：利用日の前月 15 日から

注：学生による申し込みの場合は、代表者の学生証のコピーを提出してください。

（3）予約が受理されたら

利用日の七日前までに、前納金（利用一日目の食費×人数、施設使用料）を持参して学生課で正式な申し込みの手続きを行ってください。利用許可書を発行します。

---

53 この大学の学生がこの研修施設を利用するときに、
何をしなければなりませんか。

1 教職員を通して申し込み、利用日当日に前納金を
払わなければなりません

2 申し込み全員の身分証明書のコピーを提出し、利用日の
七日前までにお金を支払わなければなりません

3 施設を利用する一週間前までに手続きを終えなければ
なりません

4 使用料などは全員分を一括して銀行口座に振り込まなけ
ればなりません

（２）

　生物の多様性とは、人間をふくめた動物・鳥類・魚類・植物さらには微生物にいたる生命をもつあらゆる種から構成される多様な生物世界のようすです。そして、これを構成する種が、生命を維持するために、食うか食われるかの（注）競合関係をもふくめた、たがいに助けたり助けられたりの密接な関連、すなわちネットワークをもっているのです。ところで、この多様な生物世界の種の数ですが、地球全体でみると三〇〇万種とも四〇〇万種ともいわれ、ブラジルだけでもその数は六万種前後といわれています。

（注）競合関係：競争しあう関係。

54　「ネットワークをもっている」とあるが、ここではどういうことか。
　　1 動物は生命を維持する上で必要な繋がりを互いに持っているということ
　　2 動物は生き延びるために、互いに助け合いが出来るように連絡しているということ
　　3 動物は競合関係をもっているので、食べられないために団結する必要があるということ
　　4 同じ種の動物は、競合関係に勝ち残るために深い繋がりを互いに持っているということ

（3）

　日常の惰性的な生活のなかで閉ざされた私たちの心を、旅は開かれた、予感にみちたものにする。しかし、それは、旅に出かけるとき、旅立ちに際してだけのことではなくて、およそ旅をしているかぎり、いつでもいえることである。これは誰でも経験していることだけれど、旅先で見たものや聞いたものは、しばしば私たちに新鮮なおどろきを与え、旅先で出会った出来事はしばしば私たちにつよい感動を与える。旅に出るひととは誰でも〈芸術家〉になり〈詩人〉になるといわれるのも、そのことを指している。

55　「そのこと」とあるが、それはどういうことか。
　　1　人は旅に出ることによって、詩人にも芸術家にもなり得る
　　　　ことができるということ
　　2　旅に出ると、普段の日常とは異なる驚きや、感動に出会う
　　　　ことがあるということ
　　3　閉ざされた日常の中では、旅に出た時のような感動に出会う
　　　　ことができないということ
　　4　退屈な日常の中で、人は旅に出かけると必ず新鮮な驚きに
　　　　出会うということ

（４）

　生物の時間はエネルギー消費量で変わるのですが、生物はエネルギー消費量をみずから変えることにより、積極的に時間を操作しているのだと私は考えています。ヤマネ（山鼠）は冬眠します。同じサイズの冬眠しないものと比べると、ヤマネはずっと長生きですが、冬眠中にはエネルギーをわずかしか使わないので時間がゆっくりになり、その分、寿命も延びるのでしょう。だから長生きしたけりゃずっと冬眠してればいい、とはならないでしょう。冬眠するのは、時間を止めて、冬という暮らしにくい季節を、やり過ごすためです。長生きしたいからではありません。

56 「ヤマネ（山鼠）は冬眠します」とありますが、それはなぜですか。
　1 長生きして、他の動物との生存競争に勝つ抜くため
　2 限られたエネルギーを上手く活用して、寿命をのばすため
　3 エネルギーの消費を減らし、厳しい季節を乗り越えるため
　4 自身の時間をコントロールして、暮しやすい季節で生きるため

（５）

中田さんへ

　このたび異動で東京営業所に転勤となりました。家族で引っ越しすることも考えましたが、うちには来年大学受験をひかえた息子がいるので、（注）単身赴任することになりました。

　何年後に名古屋に戻れるかは未定ですが、少なくとも３年はこちらで勤務することになりそうです。とはいっても、新幹線を使えば２時間くらいの距離ですから、月に１回は週末を利用して戻るつもりです。

　一人暮らしをするのは初めてだったので、最初は心配しておりましたが、意外にも家事を楽しくやっております。こちらに出張などの機会がありましたら、ぜひご連絡下さい。あまり自信はありませんが、手料理をごちそういたします。

　11月2日　　　　　　　　　　　　　　　　　　　　鈴木　一郎

（注）単身赴任：家族と離れて単身で任地に行くこと。

57 この手紙の内容にあっているものは次のどれか。

1 単身赴任した鈴木さんは月に一回新幹線で東京に戻る
予定である

2 鈴木さんは三年後東京から名古屋営業所に戻るつもりだ

3 家事を一人でできるようになったら、中田さんを招待する

4 中田さんがもし東京に来ることがあれば、自分の作った
料理を出す

問題11　次の（1）から（3）の文章を読んで、後の問いに対する答えとして最もよいものを、1・2・3・4から一つ選びなさい。

（1）

　人類の歴史がはじまったころは、みんな同じ言葉を話していたのかもしれない。時がたつにつれて、もとのひとつの言語、あるいはいくつかのもとの言語が、①各地に広まって、変わっていったのである。はじめは、もとの言語は、わずかの人か、小さなグループの人に使われていた。だんだんグループの人数が多くなって、食物が足りなくなった。すると何人かの人が、いっしょに新しい土地に移っていったのだ。

　新しい場所にすむようになっても、人びとは、もとの言語を使っていたが、しだいに、発音のしかたが変わってきた。少しずつ、ちがう言い方や、ちがう発音が言葉に入ってくる。やがて、もとの場所で使っていたいくつかの言葉は、新しい場所では、もう使わない言葉になり、なくなっていった。新しい経験をすると、それを表す新しい言葉が必要になり、文の形も変わってくる。もし、古くからいる人のところに、新しい人がきて住みつくことになったら、別べつのふたつの言葉は、混ざりあって、両方とも変わっていってしまうだろう。はじめのうち、少しだけ変わった新しい言葉は、方言とよばれるが、長い年

月のうちには、単語、発音、文法もかなり変わって、新しい言葉になってしまう。

　こんなふうにして、ヨーロッパでは、ラテン語から、スペイン語、フランス語、ポルトガル語ができ、古いドイツ語（注1）（ゲルマン語）をもとにして、英語、ノルウェー語、スウェーデン語、デンマーク語、オランダ語ができた。

　もとになった言葉（注2）（祖語）と、②それからでたいろいろな言葉をあわせて、語族とよんでいる。

（注1）ゲルマン語：インド＝ヨーロッパ語族の一つの語派。

（注2）祖語：共通の祖先を持つ言語。

58　「①各地に広まって、変わっていったのである」とあるが、言語はどのように変わったのか。

　　1　言語はその土地に住むグループによって、使いやすいように発音が作り変えられて、文字も新しくなり、違う言語へと生まれ変わっていった

　　2　移り住む人々が時間の経過によって、発音に変化が生まれ、必要なくなった言語が消えたり、新たな経験や他言語との接触で、少しずつ変化していった

　　3　同じ言語を使っていた人々が、新しい土地に移り住み、他の言語と接触する一方、その言語を使用するかどうか考えながら、新たな言語へと変化を遂げていった

4 新たな土地に移り住む人々によって、意図的に作り変え
　 られて、やがて、方言と呼ばれるようになり、最後には
　 新たな言語として生まれ変わっていった

59 「②それ」とはどういうものか。
　1 新しく変化して生まれた言語を使う人々の祖先がはじめに
　　 使っていた言葉
　2 ラテン語や、ゲルマン語といったヨーロッパの言葉のもと
　　 になった言語
　3 もとは同じ言語で、時間によって変化し、新しく生まれた
　　 言葉
　4 フランス語やスペイン語などのもとになったラテン語

60 この文章では、筆者が一番言いたいことはどういうことか。
　1 言語とは、時間の経過や、使う人々によって変化して、
　　 最終的には新たな言語や方言となること
　2 言語とはいきなり変化した物ではなく、人々の移住に
　　 よって、少しずつ変化して現代のようになったこと
　3 数多くある現代の言語には、元となった祖語という
　　 言葉が存在していて、そこから変化してきたこと
　4 現代に存在する多くの言語やさまざまな方言など、
　　 時代を遡れば同じ一つの言語だったかもしれないこと

（２）

　ふだんはノートをとることはおろか、手紙一本さえ書かない大学生でも、卒業論文ともなれば、かなりの集中力を発揮して、短期間に100枚もの大作を書きあげる。また、世界記録を更新し、（注1）ギネス・ブックにその名をのせようと、世界最長、最大規模の（注2）ドミノ倒しにとてつもない情熱とエネルギーをかけて挑戦し、成功を収める若者達もいる。

　「欲するものには、万事が可能ではないか？」と、（注3）ゲーテがいうとおり、集中力は①このようなより大きな楽しみや、より価値のあるものを目指す力に裏づけられて、その真価を発揮するのである。

（中略）

　大学の夏休みはたっぷり二ケ月はあるが、意外に夏休みあけの授業の出席率はよい。特に一、二年生ほどその傾向が強い。勉強はもちろんのこと遊びに熱中できず、長すぎる夏休みに退屈し、何か面白いことを求めて大学にやってくる輩が結構おおいのである。定年で退職したら、あれも、これもやろうと意気込んでいたのに、いざ定年を迎えてしまうと何か気が抜けて何をしても面白くない、没頭できないという声もよく聞く。できないとおもうからやりたいのであり、やっとできるような状況が与えられたからこそ、楽しく、はりきって熱中でき、時のたつのも忘れるのであって、「②毎日が日曜日」の状況では必ずしもそうはいかない。

（注1）ギネス・ブック：世界記録を集めた本。

（注2）ドミノ倒し：小さな札を次々に倒れるように並べて遊ぶ
こと。

（注3）ゲーテ：ドイツの詩人。

61 「①このようなより大きな楽しみ」とあるが、ここでは
何をさしているか。
1 集中力を発揮できるだけの作業を任せられること
2 他人ができることも自分ひとりで生まれつきの能力で
やり遂げること
3 絶えず世界記録を更新すること
4 世界最長、最大規模のドミノ倒しのこと

62 「②毎日が日曜日」の状況とはどんな状況なのか。
1 家で寝てばかりいる状況
2 好きなところに遊びに出かける状況
3 しなければならないことがない状況
4 したいことがたくさんある状況

63 筆者がいいたいことは次のどれか。
1 人は熱中できる気持ちを持っていれば、どんなことに
挑戦しても達成できる可能性がある
2 人は自由に使える時間がたくさんあればあるほど、
集中力が発揮できず、ものごとに熱中できなくなる

3 生活をする中で、制限を受けている少ない時間だからこそ、
　人はそれを大切にし、一生懸命過ごそうとするものである

4 人は何かに没頭し、熱中しているときは時間を忘れて、
　ものすごい集中力を発揮するものである

（３）

　私がいちばん最初に聞いた歌は、どんな歌だったろう。いま思い出そうとしてもなかなか浮かんではこない。………が①それは（注）子守り歌であったろう。それは、母が私をだいて歌ったことが、かりになかったとしても、だれかが私を眠らせようとして歌ったことはあるにちがいない。

　静かに眠らせるための子守り歌、それとは反対に、静かに目をさまさせるために、わざわざ音楽師をやとっていたという話がある。それは、モンテーニュという十六世紀のフランス人が、その著書のなかにつぎのように書いている。

　「あの人が父に『こどもたちを朝、急に目をさまさせることは、柔らかな脳髄を混乱させる。』というと、さっそく父は楽器によって私の目をさまさせることにしました。それでこの役をする音楽師がいつも私のそばについていました。」

　②ここまで心を使う親がいたという事実、そして、どんな親でもおさないこどもの静かな目覚めを願う気持ちがある以上、こどもを寝かしつけるための子守り歌がたくさんあるなかに、ひとつぐらいは、目覚めの歌だってあってもいいような気がする。

（注）子守り歌：子供を寝かしつけたりするために歌われる
　　　　　　　　歌の一種。

64 「①それ」とあるが、何を指しているか。

1 一番最初に歌った子守り歌

2 思い出せなくなった子守り歌

3 一番最初に聞いたであろう歌

4 一番最初に聞いた子守り歌

65 この文章での、音楽師の役割とは何か。

1 親の代わりに子どもを静かに眠らせるために子守り歌を
歌う人のこと

2 子守り歌で子どもを静かに眠らせたり、目覚めさせたり
する人のこと

3 人を静かに目覚めさせるために歌や音楽を聞かせる人
のこと

4 親の代わりに、楽器を使って子どもを静かに目覚めさせる
人のこと

66 「②ここまで」とはどういうことか。

1 子どもを気持ちよく目覚めさせるためだけに、わざわざ
音楽師を雇ってそばに居させたこと

2 子どもの脳を混乱させずに、静かに寝たり起きたりできる
ように、楽器で目覚めさせたりしたこと

3 子どもに子守り歌を聞かせるために、音楽師を雇って、
寝起きの前に楽器で子守り歌を弾かせたこと

4 親が子どもの柔らかい脳髄を守るために楽器を用いて、
静かに目覚めさせるようにしたこと

NOTE

問題 12　次の A と B の文章を読んで、後の問いに対する答えとして最もよいものを、1・2・3・4から一つ選びなさい。

A

　環境への負荷を減らすために、回収した紙から（注）パルプを取り出し、再生紙を作るという紙のリサイクルが行われています。この時、再生紙の白さを高めようとすると、多量の化学薬品を使うことになり、せっかくリサイクルをしているのに環境への負荷が高まってしまうという矛盾が生じます。そこで常に白さを追求するのではなく、白さの程度が違う再生紙を何種類か用意し、用途によってそれらを使い分けるということが、再生紙を作る側も利用する側にも求められています。

B

　再生コピー紙には、白さが官製はがき程度のもの（白色度70）と、天然パルプの紙と変わらないもの（白色度80）がある。新聞紙などを原料につくられる前者は、白色度80の紙よりコストが1割ほど安いが、「より白い方がよさそう」という漠然とした理由から敬遠される。それが再生紙そのものの普及の妨げになっている。

　ところが、実際に使ってもらうと、白色度70のものの方が「適度な白さ」で、80のものは「白過ぎる」と感じる人が多かった。

それなら、コストが安く環境にもよい白色度 70 の再生紙を使わない手はない。需要が増えればコストはさらに下がり、普及率も上がるに違いない。

（注）パルプ：製紙原料。

67 ＡとＢが共通して述べていることは何か。
1 リサイクルを通して作られた再生紙の種類をもっと詳しく分けること
2 もっと白い再生紙の使用を使用者に呼びかけるべきではないこと
3 再生紙の白さを追求すると、コストも高くなるし、自然に悪影響をもたらすこと
4 よい環境のためには、再生紙の白さを追い求めるべきではないこと

68 再生紙の利用について、ＡとＢが述べていることで正しいものは次のどれか。
1 Ａは使い方によって再生紙を多種類に用意したほうがいいが、Ｂは白すぎると思われている再生紙の利用を禁止すべきだとしている
2 Ａは再生紙の普及の妨げはコストであるとしているがＢは再生紙の需要を高めることが何より大切だとしている

3 ＡもＢも適当な白さの再生紙の利用が大切だとしている

4 ＡもＢも回収した紙を再生紙にすることをもっと推し
進めていくべきだとしている

問題 13　次の文章を読んで、後の問いに対する答えとして最もよいものを、1・2・3・4から一つ選びなさい。

　朝夕に犬を散歩させていると、いろんなタイプの愛犬家に出会う。「おはようございます」と挨拶をしながら寄ってきて、私の犬にさわり（注1）愛犬談義をする社交型、逆にこちらが挨拶をしてもウンともスンともいわずに通りすぎる寡黙型、よその犬を見かけるとコースを変えて行ってしまう逃避型など、さまざまだ。

　愛犬家を観察することが私のひそかな楽しみでもあるのだが、そのなかで意外に多いのが三番目の逃避型だ。「日本の犬好きには犬嫌いが多い」といった人がいる。これは逃避型の人間が多いことを皮肉っているのである。逃避する理由はおそらく、飼い主に犬同士を仲よくさせようという気がなく、また、自分の犬をコントロールする自信がないため、無用なトラブルを避けようとするからだろう。こういう人の話を聞いてみると、犬が好きで飼いはじめたのに、犬は（注2）息せききって走り、飼い主は引きずられるようにしてついていく。よその犬と出会えば大騒ぎとなる。このようにコントロールがきかないために犬不信に陥っている場合が多い。欧米では、まず見られない光景だ。

　「日本の犬は社会性がない」とよくいわれるが、その背景には

何があるのだろうか。そもそも、日本犬は狩猟犬として改良されてきたという歴史があるし、一般の人も番犬として飼うことが多かった。だから、攻撃的な犬のほうが重宝がられたのである。おとなしくて友好的な犬は日本では、役立たずの「バカ犬」の（注3）烙印を押されて排除されてきた。これとは逆に、欧米では攻撃的な犬を排除して、おとなしく社会性の高い犬を選択的に改良してきた。このことがいまのような状況を生んでいる一因である。

　しかし、犬は本来、やたらに攻撃をしかける動物ではないと私は思っている。野犬の集団はすぐに群れをつくり、ボス犬に従って整然と行動することからも、それはあきらかである。むしろ問題なのは、「しつけ」ではなかろうか。

（注1）愛犬談義：愛する犬に関する話。
（注2）息せききって：激しい息づかいをして。
（注3）烙印を押されて：ここでは、汚名を受けて。

69　「逃避型」の飼い主を説明したものとして最もふさわしいものは次のどれですか。
　1 ほかの犬とその飼い主に自分から近づいていってかかわりを持とうとする
　2 ほかの犬を見かけると、こわがって逃げてしまう犬を連れている

3 犬を散歩させているときに話しかけても、無視して通りすぎる

4 犬を散歩させるときはできるだけほかの犬との接触をさける

70 「逃避型」の飼い主が「逃避」する理由として、筆者は
どのようなものをあげていますか。

1 自分の犬が、ほかの犬と何か問題をおこすのが嫌だから

2 犬を飼っている「犬嫌い」の人に気を使っているから

3 見知らぬ他人から自分の犬に何か意見されたくないから

4 自分の犬とほかの犬を仲よくさせるつもりがないから

71 「日本の犬は社会性がない」とありますが、どうして筆者は
そのように言うのか。

1 日本では狩猟で犬を使うので、攻撃性の強い犬が必要
とされ、そのように改良を重ねてきたから

2 日本では攻撃的な犬の改良だけがうまく成功して、社会性
の高い犬の改良はうまくいかなかったから

3 日本では友好的で、社会性の強い犬は「バカ犬」と思われて、
社会性の強い犬を改良しなかったから

4 日本では攻撃性の強い犬が多く、弱い社会性の犬は攻撃性
の強い犬に排除されてしまったから

問題 14　以下は 2023 年度留学センター夏季プログラムの案内です。その問いの答えとして最もよいものを、1・2・3・4 から一つ選びなさい。

72 この留学プログラムに参加できるのは誰か。

1 早田大学フランス語学部に在籍している日本人学生

2 早田大学の政治学部に在籍しているフランス語を学んだことがない日本人学生

3 早田大学の理工学部に在籍しているフランス語が中級レベルのドイツ人学生

4 早田大学の芸術学部に在籍しているフランス語が初級レベルの日本人学生

73 この留学プログラムの申し込みの順番として正しいのは、以下のどれか。

1 ホームページで 6 月 1 日までに申し込み登録をし、申込金を支払った後、申込書やパスポートのコピーなど必要となる 8 つの書類を高山キャンパスにあるインフォメーションルームに 6 月 3 日までに提出する

2 ホームページで 6 月 1 日までに申し込み登録をし、申込金を支払った後、申込書やパスポートのコピーなど必要となる 8 つの書類を森野キャンパスにあるインフォメーションルームに 6 月 3 日までに提出する

3 ホームページで 6 月 1 日までに申し込み登録をし、申込金を支払った後、申込書やパスポートのコピーなど必要となる

　　　７つの書類を森野キャンパスにあるインフォメーション

　　　ルームに６月３日までに提出する

　４　書類で６月１日までに申し込み登録をし、申込金を支払っ

　　　た後、申込書やパスポートのコピーなど必要となる７つの

　　　書類を森野キャンパスにあるインフォメーションルームに

　　　６月３日までに提出する

2023 年度留学センター夏季プログラム　フランス語　文化研修

日程　　　2023 年 8 月 8 日（日）〜8 月 28 日（土）

定員　　　10 名　※（注 1）最少催行人員：1 名

対象　　　早田大学正規在学生

　　　　　※ フランス語レベル：初級〜中級者向け

　　　　　※ 日本国籍の学生対象

　　　　　※ 参加者は出発前にフランス語レベルチェック

　　　　　　テストを受けていただきます。

　　　　　※ フランス語学部の学生は参加できません。

申込方法　1. 早田大学留学センターHP にて申込み登録をして

　　　　　　ください。方法は、募集要項にて確認してください。

期間： 2023年5月12日（水）12：30～

6月1日（火）15：00まで

2. ホームページで登録を済ませた方は申込確認メール受信後、申込金を支払いの上、期間内に以下の書類を提出してください。

※<u>申込金未払いや書類を提出しない場合は、申込みは取消しになります。</u>

※<u>以下の書類は留学センターホームページよりダウンロードの上ご利用ください。</u>

期間： 2023年5月31日（月）～6月3日（木）

時間： 12：00～17：00

場所： 森野キャンパス2号館3階

インフォメーションルーム

※土・日曜日、祝祭日は閉室

a） 留学センター短期留学プログラム申込書

b） 大学派遣留学プログラム誓約書（裏面も提出）

c） パスポートのコピー（未所持/要更新の場合は後日提出可。ただし6月11日迄には必ず提出）

※申込書裏面（2枚目）に添付

d） 海外旅行保険申込書（裏面に振込明細書を添付）

e） パスポートサイズの証明写真2枚（a・fに添付）

f） 各仏語学校指定願書

g） 英文健康診断書（書式自由）

ウェブ　　http://www.france.ac.fr

　　　　　※ 出発前の(注2)オリエンテーションには必ず参加をし、
　　　　　　研修旅行代金や海外旅行保険の納入は必ず指定期日ま
　　　　　　でに行なってください。

（注1）最少催行人員：このコースを行うために最低限必要な
　　　　　　　人数。

（注2）オリエンテーション：新入生が組織やイベントに適応
　　　　　　　するための指導や研修のこと。

>> 簡 易 估 算 表 <<

1. 第一部分：文字.語彙.文法

第一部分之合計總分為 60 分 (最低合格門檻 19 分)

按比率計算：第一部分得分 Ⓐ [____] 分 × 60 ÷ 84 ＝ [____] 分

	答對題數	每題配分	得 分
問題 1		1 分	
問題 2		1 分	
問題 3		1 分	
問題 4		1 分	
問題 5		1 分	
問題 6		2 分	
問題 7		2 分	
問題 8		2 分	
問題 9		3 分	
合 計			Ⓐ

----

2. 第二部分：読 解

第二部分之合計總分為 60 分 (最低合格門檻 19 分)

按比率計算：第二部分得分 Ⓑ [____] 分 × 60 ÷ 63 ＝ [____] 分

	答對題數	每題配分	得 分
問題 10		3 分	
問題 11		3 分	
問題 12		3 分	
問題 13		3 分	
問題 14		3 分	
合 計			Ⓑ

第一回 答 案

題號	1	2	3	4	5	6	7	8	9	10
ANS	1	2	3	4	3	4	2	3	1	3

題號	11	12	13	14	15	16	17	18	19	20
ANS	1	1	2	2	3	3	2	4	1	3

題號	21	22	23	24	25	26	27	28	29	30
ANS	3	2	1	3	2	2	4	1	3	1

題號	31	32	33	34	35	36	37	38	39	40
ANS	2	2	1	2	1	2	3	1	1	4

題號	41	42	43	44	45	46	47	48	49	50
ANS	2	1	3	2	3	4	3	2	4	1

題號	51	52	53	54	55	56	57	58	59	60
ANS	3	4	3	1	2	3	4	2	1	4

題號	61	62	63	64	65	66	67	68	69	70
ANS	4	3	3	3	4	1	4	3	4	1

題號	71	72	73
ANS	1	4	3

**第一回 重組練習題 ANS

（43）4-3-2-1　　　（44）3-1-2-4　　　（45）2-3-1-4

（46）2-1-4-3　　　（47）4-2-3-1

第 二 回

問題1~6影片解析

>>> 言語知識（文字・語彙）<<<

問題1 ＿＿＿＿のことばの読み方として最もよいものを、
1・2・3・4から一つ選びなさい。

1 この世のすべてのものに仏が宿っているとよくいわれている。

1 ほうき　　　2 しらが　　　3 ほとけ　　　4 みまい

2 やっと帰ってきたら、すっかり夕食の準備が整っていた。

1 ともなって　　　　　　2 ことなって

3 かたまって　　　　　　4 ととのって

3 キッチンのつり戸棚はほとんど手の届く部分が無いようだ。

1 とだな　　　2 こたな　　　3 とたな　　　4 こだな

4 時に鋭い質問によって相手との信頼を深めることがある。

1 やかましい　　　　　　2 するどい

3 ひらたい　　　　　　4 なさけない

5 2人の相次ぐスキャンダルは再びチームの存続を揺るがす
問題になりそうだ。

1 ふたたび　　　2 こむすび　　　3 おわび　　　4 あしくび

問題2 _____のことばを漢字で書くとき最もよいものを、
1・2・3・4から一つ選びなさい。

6 インターネットでのお<u>せいぼ</u>ギフトの承りは、12月25日を
もちまして終了させていただきました。

　　　1 歳暮　　　　　2 世辞　　　　　3 製菓　　　　　4 最棒

7 大量の偽造手帳を作らせ、約百冊を販売し、計数千万円を
<u>かせい</u>でいたとみられる。

　　　1 騙いで　　　　2 盗って　　　　3 儲って　　　　4 稼いで

8 消費低迷が言われてすでに<u>ひさしい</u>。

　　　1 賢しい　　　　2 遠しい　　　　3 久しい　　　　4 長しい

9 外国人女性のように大きな美しい二重<u>まぶた</u>になりたい。

　　　1 眉　　　　　　2 瞼　　　　　　3 瞳　　　　　　4 眩

10 問題やトラブルの一部<u>しじゅう</u>を報告し、同時に反省や謝罪
の意を表わす必要がある。

　　　1 終始　　　　　2 始終　　　　　3 始末　　　　　4 終了

問題3　（　　）に入れるのに最もよいものを、1・2・3・4から一つ選びなさい。

11 日が昇り（　　）早朝4時半ごろ、ついに到着しました。

　　1 かける　　　　2 こなす　　　3 きる　　　　4 きれる

12 なんといっても、歯の痛みと腰の痛みは耐え（　　）。

　　1 にくい　　　　　　　　2 がたい

　　3 かねない　　　　　　　4 づらい

13 10部以上ご希望の方は1部（　　）1,030円とお得です!

　　1 にたいして　　　　　　2 において

　　3 にあって　　　　　　　4 につき

問題4 （　）に入れるのに最もよいものを、1・2・3・4 から一つ選びなさい。

14 みなさんは、大学合格を目指して（　　　）勉強に励んできた ことでしょう。

1 終日　　　　2 日夜　　　　3 前日　　　　4 日中

15 コンピューターは、（　　　）発展をとげている。

1 めざましい

2 そうぞうしい

3 いそがしい

4 あわただしい

16 彼女が事件現場にいたという事実は（　　　）で、疑う余地は ない。

1 明白　　　　2 明確　　　　3 明瞭　　　　4 明証

17 仕事の後で飲みに行かないかと誘われたが、（　　　）その日は 都合が悪かった。

1 あいにく　　　　　　　2 あんがい

3 せっかく　　　　　　　4 いがいと

18 適度な飲酒はストレスの（　　　）に役立つ。

1 解決　　　　2 解消　　　　3 解放　　　　4 解体

19 仕事の成果主義をとる会社が増えてきた。（　　）、会社員の中で給料の差がつくようになった。

1 あるいは　　　　　　　2 しかし

3 それで　　　　　　　　4 たとえば

20 うそやごまかしのない（　　）こそが、スポーツの原点である。

1 メダル　　　　　　　　2 ドーピング

3 アマチュア　　　　　　4 プレー

問題5 _____に意味が最も近いものを、1・2・3・4 から一つ選びなさい。

21 あの悲惨な事故から明日で一年になる。

1 みじめ 2 かんじん

3 かって 4 おだやか

22 このグループの中では一人一人がひとしい権利を持っている。

1 のんきな 2 あらかじめ

3 みごとな 4 おなじ

23 桜グループの会長が見えました。

1 お見になりました

2 おいでになりました

3 ご覧になりました

4 拝見いたしました

24 お年寄りや障害者への配慮に欠けている。

1 こころあたり 2 こころあい

3 こころづかい 4 こころあて

25 経営のノウハウを学んで、将来のビジネスで成功したい。

1 規模 2 知識 3 資金 4 方針

問題6　次の言葉の使い方として最もよいものを、1・2・3・4から一つ選びなさい。

26 不通

1 台風で電車が<u>不通</u>している。

2 言葉<u>不通</u>で二人は黙ったままでいる。

3 家の便器が<u>不通</u>なので隣の家のトイレを借りた。

4 大雪で東京行きのバスが<u>不通</u>になった。

27 果たして

1 <u>果たして</u>Aチームは優勝するにきまっている。

2 いつも練習を怠っている吉田は<u>果たして</u>代表選手に選ばれなかった。

3 <u>果たして</u>一人で行けば、いい結果につながるかもしれない。

4 理想が<u>果たして</u>実現するだろうか。

28 つぎつぎ

1 この二つのプレゼントは<u>つぎつぎ</u>に計算してください。

2 ここにあるプレゼントはたくさんの人にあげるので、<u>つぎつぎ</u>に包装してください。

3 ここで生産されたものは<u>つぎつぎ</u>点検しなければならない。

4 日本は外国から進んだ文明を<u>つぎつぎ</u>に取り入れた。

29 優劣

1 この二つの作品の優劣を決定するのは難しい。

2 その時はまだ小さかった私には物事の優劣が分からなかった。

3 優劣を判断する能力がないとして被告にその判決が下った。

4 心の優劣は人によって異なるものだ。

30 面会

1 私は警察にその犯人の資料を面会するよう依頼した。

2 当クリニックの面会時間は次のように決まっております。

3 ここで行われるのは新人の面会試験だ。

4 初面会の人に対して、きびしい言葉はご遠慮ください。

第 二 回

問題7~9影片解析

>>> 言語知識（文法・読解）<<<

問題7　次の文の（　）に入れるのに最もよいものを、1・2・3・4から一つ選びなさい。

31 インフルエンザのワクチンを打ったからといって、絶対に（　　）。

1 かからないものかしら

2 かかるともいえない

3 かからずにはいられない

4 かからないとはいえない

32 A：「田村さん、お願いします。」

B：「では、祝賀会の開始に（　　）主催者側から一言

　　ご挨拶をさせていただきます。」

1 先だって

2 際して

3 つれて

4 ともなって

33 日本の首相は、「アジア諸国の人々にたしいて多大の損害と
苦痛を（　　　）。」と述べ、反省の意を表明した。

1 与えていらっしゃいます

2 与えております

3 与えさせていただきます

4 与えられてまいります

34 大学入試までに（　　　）、日本語能力試験 2 級には合格したい。

1 せいぜい　　　　　　　　2 はたして

3 せめて　　　　　　　　　4 どんなに

35 私はさしみなんか食べたくないのに、山田さんにむりに
それを（　　　）。

1 食べさせてもらいました

2 食べさせてあげました

3 食べさせられました

4 食べられました

36 いくら彼女がやさしい（　　　）、そんなことを言ったら
怒るのは当たり前だ。

1 にかかわらず　　　　　2 とはいえ

3 ながらも　　　　　　　4 どころか

37 モノがあふれる「豊かな社会」では、消費者はいろんな角度
から比較した（　　）購入を決める。
1 あげく　　　　　　　　　　2 うえで
3 からには　　　　　　　　　4 ばかりに

38 ここから駅までは、歩いたら少なくとも1時間（　　）かかる。
1 は　　　　　2 も　　　　　3 に　　　　　4 で

39 みんなが（　　）、あんなところへは二度と行くものか。
1 行けと言われたって
2 行こうと言われたら
3 行けと言ったら
4 行こうと言ったって

40 クラスのみんなに（　　）ので、「知らない」と言われて
驚きました。
1 伝わるつもりだった
2 伝えるつもりな
3 伝わったつもりな
4 伝えたつもりだった

41 せいぜい全体の 8%ぐらいの子供がファミコンを持っている
（　　）が、子どもは「みんな持っている」と親に殺し文句を
言う。
1 にすぎないことがおおい
2 しかないことがおおい
3 にほかならないものだ
4 からするものだ

42 落語家の学に大いに敬服した。おかげで、目の覚める思いを
して（　　）。
1 退屈にほかならなくなった
2 退屈でしかあるまい
3 退屈というわけにはいなくなった
4 退屈どころではなくなった

問題8 次の文の ___★___ に入る最もよいものを、1・2・3・4から一つ選びなさい。

43 非行に走っている少年も少年 _____ _____ ___★___ _____ 親だ。

1 叱りもしない　　　　　2 それを

3 なら　　　　　　　　　4 親も

44 母がなくなって10年だが、ときどき _____ ___★___ _____ _____ ことがある。

1 思い出して　　　　　　2 たまらなく

3 さびしく　　　　　　　4 なる

45 けさの社長は _____ ___★___ _____ _____ まどのそとを見ているだけだった。

1 見ようとも　　　　　　2 私の顔を

3 あいさつしても　　　　4 しないで

46 先輩に _____ ___★___ _____ _____ 誰かに借りようと思っているという返事でした。

1 頼んでみた　　　　　　2 自分もお金に困って

3 ところ　　　　　　　　4 お金を貸してほしいと

47 友達が一週間家にいたのですが、まさか掃除も ＿＿＿＿＿
＿★＿ ＿＿＿＿ ＿＿＿＿ とは思いませんでした。

1 行く　　　　　　　　　　2 部屋を残して

3 汚いままの　　　　　　　4 しないで

問題9　次の文章を読んで、文章全体の趣旨を踏まえて、48から52の中に入る最もよいものを、1・2・3・4から一つ選びなさい。

「数字を見せるには、その前の前提が大事なんです」と小原さんは断言します。"その前提"とは相手の信頼とニーズ。

「いきなり　48　は出せません。初対面の方と立ち話で盛り上がり、仮に『オタクのがん保険はいくら？』と訊かれても、僕は答えないんです」（・・・中略・・・）

小原さんは決して（注1）自分本位で数字を使いません。必ず"相手本位"で見せる数字を選びます。

「満足いけばお客様は契約する。　49　どうすればいいか。相手に訊けばいいんです。ベテランになり、知識が豊富になるにつれてお客様に訊くことを怠る。保険とはこういうものです、とお客さんに語り始めるのはダメですね。シンプルにお客様に聞くこと。レストランのメニューのように　50　。」

保険に関する項目を5つ並べ、重要度を　51　。

「お客様の希望の順番に赤色で番号を振ります。金額だけ青色にしたり。（注2）走り書きでも色を変える事で見やすくなります。」

こうした過程を経た交渉なので、金額の話を始める段階では、52　数字を示せるのです。

（注1）自分本位：自己中心的。

（注2）走り書き：急いで書いたもの。

48
1 前提　　　　　2 数字　　　　3 信頼　　　　4 会話

49
1 このように　　2 ただし　　3 そこに　　　4 では

50

1 豊富に示す

2 相手に選んでいただく

3 相手を迷わせる

4 金額をはっきり書く

51

1 相手に選択されます

2 自分に選択させられます

3 自分に選択させます

4 相手に選択させます

52

1 自分本位の　　　　　　　2 相手の納得いく

3 常識的な　　　　　　　　4 会社が儲かる

問題10　次の（1）から（5）の文章を読んで、
　　　　後の問いに対する答えとして最もよい
　　　　ものを、1・2・3・4から一つ選びなさい。

問題10.11影片解析

（1）

　自分を描くことがどんなに困難であることか、それは、自画像を描いてみたことのある人は、よくご承知のはずです。鏡に映った自分というものを、自分で見つめる場合でも、わたしたちは、客観的に、冷静に、それを見ることができない。必ず自分に甘えて、自分につごうのいいように、ゆがめて見ているものです。鏡の中に映った自分は、いろいろに変化して見える。それは、写真に映った自分を眺める時の心理でも、同じことが言えます。（後略）

53　「同じこと」とは何か。
　　1　鏡に映っている自分は、本当の自分ではなく都合の良い
　　　　自分だが、客観的かつ冷静に見た自分でもある
　　2　鏡に映った自分を見る時に人は客観的に見ることが出来
　　　　ないが、写真に写った自分なら冷静に見ることができる
　　3　鏡でも写真でも、つごうの良い自分が映っているので、
　　　　人は客観的かつ冷静に自分を見ようと、映っている
　　　　自分をゆがめて見るものだ
　　4　鏡でも写真でも、人は都合の良いようにゆがめて自分を
　　　　見てしまうもので、客観的かつ冷静に自分を見ることが
　　　　できない

（２）

桜大学の図書館館内ツアーの案内である。

図書館　館内ツアー

　大学では上手に図書館を活用できることが、勉学を成功させる鍵となります。図書館ツアーに参加して、必要な情報をすばやく手に入れるノウハウを身につけましょう。図書館員が丁寧に、図書館内を案内します。

期間：4月16日（月）〜4月18日（水）

集合：希望時間の開始15分前までに図書館ロビーへ

開始時間	11 時	13 時	14 時	15 時	16 時

注意：所要時間は40分です。

　　　予約は不要です。

　　　学生証を持ってきてください。

　　　英語によるツアーを希望する方は15時のツアーに参加してください。

---

54 この内容と合っているものは次のどれか。

1 13 時のツアーに参加した場合、ツアーは 13 時 30 分に
終わる

2 参加希望者は事前に予約し、学生証を持ってくる

3 館内ツアーは予約がなくてもいつでも参加できる

4 英語のツアーに参加したい人は 14 時 45 分までに
ロビーへ行く

（３）

桜株式会社

　　購買部　御中

　　　　　　　　　　　　　　　　積水株式会社

　　　　　　　　　　　　　　　　営業部長　真田　誠

　　拝啓　貴社益々ご清祥のこととお慶び申し上げます。平素は格別のご愛顧をいただき誠にありがとうございます。

　　さて、去る〇月〇日付貴信にてご注文いただきました標記商品を、本日同封の（注）送り状の通り、〇〇通運〇〇支店のトラック便により発送申し上げました。現品は一両日中に着荷いたしますので、よろしくご検収ください。なお、折返し同封の受領書をご返送くださいますようお願い申し上げます。

　　まずは出荷のご通知かたがたお願いまで。

　　　　　　　　　　　　　　　　　　　　　　　　　　　敬具

（注）送り状：荷物を配送する際に貼り付けられている伝票のこと。

55　この手紙を受けた人はこれから何をしますか。

　　1 着荷した商品を確認してからその代金請求書を先方に
　　　送ります
　　2 出荷する前に、積水株式会社へ領収書を送ります
　　3 届いたものを確認した上で先方に受領書を送ります
　　4 出荷したうえで、注文主の桜株式会社に領収書を送ります

（４）

　ものごとにはすべて形がある。顔にはもちろん形があるし、思想にも、それが言葉で表現されているかぎり形がある。だがそういった形は、形の背後のあるなにか、つまりそれ自身は形をもたぬ雰囲気のようなものを、はっきりと外に表すためにだけあるのだ。ぼくたちが誰かと出会うということは、その人の顔の形を見知ることであるよりも、顔に現れたその人の人柄のようなものに触れることだし、本を読むということは、言葉を目で追うことであるよりも、言葉に書かれている思想を身につけることなのだ。

56 筆者のいいたいことは次のどれか。
　　1 全てのものごとには形が存在していて、誰かに出会うことや
　　　本を読むということは、その形を知るということである
　　2 形は全て常に変化をするものなので、変化した形の本当の
　　　姿を予測して、その形を自分の物にすることが大事である
　　3 言葉と思想には形が存在しているので、その形に触れる
　　　ことによって、自分のものにすることが重要である
　　4 目に見えるものだけを形として捉えるのではなく、その形
　　　の背後に存在する本当の姿を知ることこそが大切である

（5）

　時間ができれば、犬と散歩をします。ただ、決まった時間には行きません。決まった時間に散歩をするということは、ヒトが犬に飼われているということになってしまうからです。私は、雨が降れば行かないし、暑ければ行かない。行きたくない天気の時は行かない。よく、近所にコーヒーを飲みに行きますが、その時は（注）引き綱を使いません。訓練をしっかりとしているから引き綱なしでも大丈夫なのです。

（注）引き綱：物を引っ張るための綱。

57　「大丈夫」とあるが、ここでは何が大丈夫ですか。
　　1　犬はよく訓練されているので、時間を決めずに、好きな
　　　　時に散歩しても大丈夫だということ
　　2　犬はよく訓練されているので、コーヒーを飲む時に連れて
　　　　行っても大丈夫だということ
　　3　犬はよく訓練されているので、散歩へ行く時に自分で
　　　　行かせても大丈夫だということ
　　4　犬はよく訓練されているので、近所へ出かける場合は、
　　　　犬を自由にしても大丈夫だということ

問題11　次の（1）から（3）の文章を読んで、後の問いに対する答えとして最もよいものを、1・2・3・4から一つ選びなさい。

（1）

　家庭と学校という場所は、いのちのやりとりというこの大事なものを深く体験するためにあるはずだった。家庭や学校で体験されるべきとても大事なこと、それについてもう少し考えてみよう。

　学校について友人と話したとき、彼がおもしろい問いをぶつけてきた。幼稚園じゃお歌とお遊戯ばかりだったのに、どうして学校に上がるとお歌とお遊戯が授業から外されるんだろうというのだ。

　幼稚園では、いっしょに歌い、いっしょにお遊戯をするだけでなく、いっしょにおやつやお弁当も食べる。①他人の身体に起こっていることを生き生きと感じる練習だ。そういう作業がなぜ学校では軽視されるのか、不思議なかんじがする。ここで他者への想像力は、②幸福の感情と深くむすびついている。

　生きる理由がどうしても見当たらなくなったときに、じぶんが生きるにあたいする者であることをじぶんに納得させるのは、思いのほかむずかしい。そのとき、死への恐れは働いても、生きるべきだという倫理は働かない。生きるということが楽しいものであることの経験、そういう人生への肯定が底にないと、死なないでいることをじぶん

では肯定できないものだ。お歌とお遊戯はその楽しさを体験するために
にあったはずだ。　　（後略）

58 筆者が友人から聞いた面白い問いとは何か。

1 学校と幼稚園に共通してある授業の内容についてのこと

2 幼稚園の授業には他人と共に楽しむ時間が存在したこと

3 学校ではおやつを食べることができなくなったこと

4 幼稚園から学校へ変わった際に起きた授業の変化のこと

59 「①他人の身体に起こっていることを生き生きと感じる練習」
とあるが、それはここではどういうことか。

1 他人と共に遊ぶことによって生まれる感情のやり取りから、
　生きる楽しさを学ぶということ

2 他人と一緒にするお遊戯やお歌といったことを通じて、
　自身のアイデンティティを形成していくということ

3 他人と関わることによって、人は社会性のある人格を養い、
　他人との協調性を持つようになるということ

4 他人との共同作業を通じて互いの信頼関係を高め、
　人生における個人の生きがいを見つけるということ

60 「②幸福の感情」とあるが、筆者は、「幸福の感情」とは
どのようなものであると考えているか。

1 お互いに信頼し期待できるということ

2 お互いに認め合いながら共存するということ

3 生きるということが楽しいものであるということ

4 他人との共同作業を生き生きと感じられるということ

（2）

　現在はビデオが発達し、自分のベストのフォームを記録したビデオを繰り返し見ることによって、現在の自分のパフォーマンスをチェックするやり方が、広まってきている。大リーグで活躍する長谷川滋利投手は、大リーグに行ってからいっそう上達した選手だ。彼はもともといいコントロールをもっと磨くために、ビデオでフォームをすべてチェックし直している。仲間から「調子がいいのに、なんでビデオばっかり見ているんだ」と（注1）冷やかされるほどに、徹底して続けている。こうしたビデオチェックは素人にもできそうに思われるが、実際には意外に難しい作業である。というのは、視覚的に得たビデオからの情報を身体感覚として把握するだけの身体感覚の積み重ねがなければ、本質的な成果は得られないからである。

　ビデオは、本来は他人からしか見ることのできない自分の姿を、客観的に自分で見ることができるという点で、画期的な道具だ。普段は気づかないことに、気づく機会を得ることができる。しかし、ビデオというテキストから豊富な意味を取り出すことは難しい。ビデオ自体が情報が少ない（注2）不出来な場合ももちろんあるが、ビデオテキストから「意味」を取り出すための視点や感覚が未熟であるケースも少なくない。

　たとえばプロのスポーツ選手が、自分のフォームをチェックする場合には、数センチの（注3）ズレに気づくこともある。それは、その選手が常にそのポイントに関心をもっているからであり、その数センチのズレが身体感覚のズレとして実感できるからである。プロの選手でも、コーチからビデオに映るズレを指摘されて、初めてズレに気づくこともある。映像から「意味」を取り出すのも、一つの技なのである。　　（後略）

（注1）冷やかされる：皮肉を言われる。
（注2）不出来な：質が悪いこと。
（注3）ズレ：差異。

61　どうして長谷川滋利投手はビデオばかり見ているのか。
　　1　調子が悪いので仲間から冷やかされないようにするため
　　2　投球するときのフォームをチェックするため
　　3　大リーグに行くために、バッターの弱みを見つけるため
　　4　いいコントロールを持つ投手になるための技術をほかの
　　　ピッチャーに教えるため

62　「映像から「意味」を取り出す」とあるが、それはどの
　　ようなことを言っているのか。
　　1　映像を見て、ふだん気づかない克服すべき点や修正
　　　すべき問題点を知る

2 映像を見て、自分自身にどのような客観的評価を
　下すべきなのかを知る

3 映像を見て、これまで興味や関心を持っていなかった
　事柄や領域の存在を知る

4 映像を見て、自分の内的な身体感覚や感情を複眼的に
　処理できる技術を知る

[63] 筆者がいいたいことは次のどれか。

1 自分にとって重要な映像を「盗む」という考えで、大量に
　ビデオに撮り続けてためこむことが何より大事だ

2 いい成果をおさめるためには、ビデオにためこまれた
　映像を分析してそのまま真似しなければならない

3 ビデオにため込まれた映像を死蔵させたため、意味ある
　ものを取り出すことに失敗した

4 大量に撮り続けて保存したビデオの映像の中から、自分
　にとって意味あるものを見つけられることが一番大事だ

（３）

　おもしろいことだが、（注）がんがん学ぶと、がんがん仕事をすると、好きになる。好きになるまではいかなくても、おもしろくなる。これは否定できない事実だ。人は没頭できるほどに楽しい勉強や仕事を求める。しかし、総じて、没頭するから、それが楽しくなるのではないか？勉強でも仕事でも、最初は「強制」である。学校も、会社も、強制するシステムである。強制から始まるが、没頭すると、勉強が面白くなる。仕事に弾みがつく。学校へ、会社へ行くのが楽しくて仕方なくなる。好きでこそ勉強、好きでこそ仕事になる。

　①定年後も事情は同じだとみていい。定年後におもしろいこと、楽しいことをやろうと思えば、没頭できることをあれこれと探しても仕方ない。なにごとかに没頭することなのだ。ところが、定年後には、なにごとかを強制する仕事がない。強制する学びがない。いつ、どこで、なにをしても②「自由」なのである。ということは、没頭するきっかけがないということだ。取りかかって、途中で放り出しても、まったく自由なのだ。

（注）がんがん：勢いがあるようす。

64 筆者の考えによると、おもしろみが出てくる前に、何が必要な
のか。

1 強制してやらせることが必要である

2 まずは一生懸命やるということが必要である

3 好きになることから始める必要がある

4 まずは面白いと感じるまで強制する必要がある

65 「①定年後も事情は同じだ」というのは、どんなことが
定年後も同じなのか。

1 おもしろいこと、楽しいことを探すこと

2 会社へ行くのが楽しくて仕方なくなること

3 没頭するからなにごとも楽しくなること

4 なにごとも強制されることから始まること

66 「②自由」とあるが、ここではどういうことか。

1 没頭することがなくなること

2 没頭するきっかけがなくなること

3 強制される学びがなくなること

4 強制される仕事がなくなること

問題 12　次のＡとＢの文章を読んで、後の問い
　　　　に対する答えとして最もよいものを、
　　　　１・２・３・４から一つ選びなさい。

A

　左利きに対する社会の対応のしかたもこの数十年の間に変わって
きた。

（中略）

　それでも左利きの人にはいろいろな不自由があるそうである。
カメラやはさみや台所道具なども右利きのためのものが圧倒的に多い
し、駅の自動改札口も、通りにくいということである。こうした不便
を解消するにはまだ時間がかかるであろう。

　左利きは 10 人に 1 人ほどの割合であるが、なぜうまれつきそうなの
か、まだわかっていないそうだ。手を動かすには手と反対側の脳が動
く。右手を動かすには左脳、左手は右脳という具合になる。そして脳
のどの領域が関連して手が動くか、大まかな仕組みは解明されている。
しかし、この脳の仕組みと利き手の関係についてはまだ手つかずの状
態だという。世の中は進歩している。少なくとも動いている。しかし、
まだまだわからないことがあまりにも多い。

B

最近駅で、右手がふさがっていたために左手で自動改札機に定期券を入れようとして、それを感じた。体の直前を左手が横切るので、進行方向の足元を自ら覆う形になる。不安定感が、あの記憶を呼び起こした。左利きの人が、毎日こんな思いをしているのかと、自動改札機のいくつかのメーカーに聞いてみたが、体の左側から入れるような改札機を作っているところはなかった。（中略）

大学の共同利用機関である「学術情報センター」の山田尚勇・副所長は左利きだ。山田さんが調べた文献などによると、左利きの人の割合は、時代や地域によって若干異なる。現在では、10％をはさんで、アメリカではやや高く、日本ではやや低いぐらいではないかという。計算の上では、日本全国で1000万人近くにもなる。

67 AとBのどちらの文章にも触れられている内容はどれか。

1 今左利きの人に不便な場所の数

2 今左利きの人の交通機関に対する思い

3 左利きとその頭脳との関係

4 今日本全国の左利きの人数

68 左利きのひとについて、ＡとＢが述べていることで正しい
　　ものは次のどれか。
　１　ＡもＢも左利きの人が日常生活において不便を感じる
　　　ことがあると指摘している
　２　ＡもＢも左利きに不便な施設を改善すべきだと考えている
　３　ＡもＢも左利きの人とその頭脳との関係を明らかにすべき
　　　だと考えている
　４　ＡもＢも全国の駅では左利き専用の自動改札機を設置
　　　すべきだと考えている

問題13　次の文章を読んで、後の問いに対する答えとして最もよいものを、1・2・3・4から一つ選びなさい。

　江戸時代に「伊勢講」というものがあった。伊勢講というのはみんなで（注1）お金を積み立てておいて、くじによって代表者を決め、伊勢に送り出すというものであった。一家の主人が出かける場合が多かったが、江戸時代を通じて六十年周期でおこった（注2）爆発的ブームには老若男女が出かけている。また、親に内緒で若者達だけで出かける「①抜け参り」も珍しくなかった。旅に対する欲望は昔からこのように激しいものであった。

　旅は、日常から抜け出し、新しい見聞を広める。とくに日本の場合「変化を見る」ことが主なテーマとなっている。平和な世の中ならば自然の変化を、変動期ならば世の中の移り変わりを見るということが、伝統的な旅のテーマであった。月見や花見に行くのは自然の変化を見ることに意味があり、名所・旧跡を尋ねるのは昔と今の変化を見ることに意味がある。同時に、都市や博覧会に出かけるようになったのは、近代化の（注3）様相を見ることに意味がある。

　経済の高度成長は、旅のブームをもたらした。1978（昭和53）年では年間一億七千八百万回の宿泊観光が行われ、その費用は四兆六千億にも達しているという。これは、労働時間の短縮、週休二日制

の一部普及に加え、生活の上での経済的ゆとりができたことに原因がある。

　しかし、②ここには旅の意味の変化がある。それは、映像メディア、とくにテレビの普及に関係がある。自然の移り変わりや、世の中の変化は、映像を通して見ることができる。ここではもはや、「変化を見る」伝統的な旅のテーマは意味をもたなくなった。しかしその見たものは、あくまでコピーの世界であり、しかも商品化されたものである。それが（注4）虚像であるか実像であるか（注5）定かでない。人々は、コピーの世界の追体験を求めて旅に出る。しかもその旅は、大量消費社会の宣伝にのせられた商品化された旅である。この「のせられた旅」は大衆が本来求めているものではなかった。

（注1）お金を積み立てて：多くの人が一緒に貯金すること。

（注2）爆発的ブーム：ものすごく流行すること。

（注3）様相：様子。

（注4）虚像：ある人や物の本当の様子とは違う、誰かが作った
　　　　　　　イメージ。

（注5）定か：確か。

69 「①抜け参り」とあるが、ここではどういうことか。

1 主人と妻といっしょに行くこと

2 主人だけでなく若者も行くこと

3 主人とともに若者だけ行かないこと

4 主人に知られないように若者だけで行くこと

70 「②ここ」とは何を指すか。

1 経済的ゆとりができた生活

2 テレビが普及した生活

3 伝統的な旅

4 高度成長期の旅のブームの時

71 文章の内容と合っているものは次のどれか。

1 江戸時代の伊勢参りは一家の主人のみ行くことが認められており、そのため親に内緒で行く「抜け参り」も珍しくなかった

2 戦後豊かになり、また時間の余裕もできると、人々の旅行に費やすお金は急激に増えた

3 テレビの普及にともない、家庭で簡単に名所や旧跡を見られるようになって名所旧跡を訪ねる人は減った

4 日本の伝統的な旅は「変化を見る」ことが重要であったが、この傾向は今も根強い

問題14　次は第13回「はーと＆はーと」絵本原作コンクール募集要項です。以下の問いに対する答えとして最もよいものを、1・2・3・4から一つ選びなさい。

72 応募者がしなければならないことは次のどれか。

1 応募者は、打ち合わせ会に参加したときに、前もって参加費と交通費を応募先からもらわなければならない

2 作品は人権をテーマにしたものを書かなければならない。そして、大人も子供も理解できる作品でなければならない

3 文字数だけでなく、用紙のサイズの制限に注意しなければならない。作品を送るとき、のりなどを使わないように注意しなければならない

4 入選したかどうかは自分で主催者に聞かなければならない。一人で作品を完成させなければならない

73 この募集要項に合っているものはつぎのどれか。

1 入選しなかった作品は、一週間以内に返却し、入選したものは絵本として出版される

2 作品は手書きでもワープロでもよいが、縦書きに書かなければならない

3 入選した作品は、その内容が変更される可能性がある

4 年齢を問わず、応募できるが、ただし作品は二編以上提出しなくてはならない

1 募集内容

　こどもと大人が一緒に読み、考え、話し合うことのできる人権を
テーマにした絵本の原作を募集します。あなたの経験や思い、子ども
たちに伝えたいこと、一緒に考えたいことをストーリーにしてお送り
ください。優秀賞作品には、絵本作家の方が、絵をつけて 1 冊の「は
ーと＆はーと」絵本として制作します。

2 応募規定

・本文の文字数は 400 字詰め原稿用紙 3〜4 枚 程度、1,600 字を
　限度とします。

・絵本は、本文 28 ページ、見開きを 1 場面として 14 場面で構成
　することをおおよその考慮に入れてください。

・点字つき絵本として製作するため、点字レイアウトの関係で、
　文字数が多い場面については、推敲により文字数を減らして
　いただく場合があります。

・原稿用紙は、A4 サイズの用紙を使用してください。

・文字数に題名は含まず、縦書き・横書き可。手書き、パソコン、
　ワープロ原稿ともに可。

・応募原稿には、通し番号（ページ）をふってください。

・応募原稿には①〜⑧の必要事項を明記した表紙をつけてください。
　①題名　②字数　③郵便番号、住所　　④名前（フリガナ）
　⑤年齢　⑥電話番号　⑦コンクールを知ったきっかけ

⑧作品に込めた想い・メッセージ　　（200字程度）

※作品はホッチキスやのり等で綴じないで、クリップ留めか

　そのまま封筒に入れて送付してください。

3 応募作品の取扱い

・応募作品は返却いたしません。

・応募作品はあくまでも原作として扱い、絵本制作時には推敲

　する場合があります。

・上演、上映、放送、記録などに際しましては、加除や改変を

　行う場合があります。

・選考に関する問い合わせ等には、一切応じられません。

4 入選者への協力依頼

・絵本制作時に推敲する際には、必要に応じて協力を求める

　場合があります。

・優秀賞入選者には、必要に応じて打合せ会（2〜3回程度）に

　ご出席いただきます。その際の往復交通費は、入選者側の実費

　負担となります。入選作品はホームページに掲載いたします。

5 応募資格

プロ・アマは問いません。グループ等の共同制作も可能とします。

ただし、作品は自作で未発表のもの、1人1編に限ります。

NOTE

>> 簡 易 估 算 表 <<

1. 第一部分：文字．語彙．文法

第一部分之合計總分為 60 分 (最低合格門檻 19 分)

按比率計算：第一部分得分 Ⓐ ☐ 分 × 60 ÷ 84 = ☐ 分

	答對題數	每題配分	得 分
問題 1		1 分	
問題 2		1 分	
問題 3		1 分	
問題 4		1 分	
問題 5		1 分	
問題 6		2 分	
問題 7		2 分	
問題 8		2 分	
問題 9		3 分	
合　計			Ⓐ

----

2. 第二部分：読 解

第二部分之合計總分為 60 分 (最低合格門檻 19 分)

按比率計算：第二部分得分 Ⓑ ☐ 分 × 60 ÷ 63 = ☐ 分

	答對題數	每題配分	得 分
問題 10		3 分	
問題 11		3 分	
問題 12		3 分	
問題 13		3 分	
問題 14		3 分	
合　計			Ⓑ

第二回 答 案

題號	1	2	3	4	5	6	7	8	9	10
ANS	3	4	1	2	1	1	4	3	2	2

題號	11	12	13	14	15	16	17	18	19	20
ANS	1	2	4	2	1	1	1	2	3	4

題號	21	22	23	24	25	26	27	28	29	30
ANS	1	4	2	3	2	4	4	4	1	2

題號	31	32	33	34	35	36	37	38	39	40
ANS	4	1	2	3	3	2	2	1	4	4

題號	41	42	43	44	45	46	47	48	49	50
ANS	1	4	1	2	2	1	3	2	4	2

題號	51	52	53	54	55	56	57	58	59	60
ANS	4	2	4	4	3	4	4	4	1	3

題號	61	62	63	64	65	66	67	68	69	70
ANS	2	1	4	2	3	2	4	1	4	4

題號	71	72	73
ANS	2	3	3

**第二回 重組練習題 ANS

(43) 3-2-1-4　　(44) 1-2-3-4　　(45) 3-2-1-4

(46) 4-1-3-2　　(47) 4-3-2-1

第 三 回

問題1~6影片解析

>>> 言語知識（文字・語彙） <<<

問題1 _____ のことばの読み方として最もよいものを、
1・2・3・4から一つ選びなさい。

1 日本では毎年一月の半ばに「成人の日」という国民の<u>祝日</u>がある。
　　1 しゅうじつ　　　　　　　2 しゅくじつ
　　3 しゅうび　　　　　　　　4 しゅくび

2 旅は心の<u>糧</u>となるという言葉を聞いたことがありますか。
　　1 かて　　　　2 りょう　　　3 こつ　　　4 そこ

3 多角形の外角の和は360度に<u>等しい</u>。
　　1 いとしい　　2 ひとしい　　3 とぼしい　　4 するどい

4 ファイルを正常に開けなくなった場合に、データの復旧を
　　<u>試みる</u>方法について説明します。
　　1 かえりみる　　　　　　　2 こころみる
　　3 しみる　　　　　　　　　4 ためしみる

5 老化と<u>戦う</u>健康グッズの通販ショップを知っていますか。
　　1 きそう　　　　2 たたかう　　3 うたがう　　4 さからう

問題2 ＿＿＿のことばを漢字で書くとき最もよいものを、
1・2・3・4から一つ選びなさい。

6 小さなエネルギーで走るために無駄を<u>はぶく</u>技術、すなわち
損失を減らす技術が開発された。

1 減く　　　　2 蒔く　　　　3 省く　　　　4 招く

7 今日の植物園は、晴れて<u>こころよい</u>一日となりましたよ。
皆様のところは、いかがでしたでしょうか? ...

1 愉い　　　　2 羨い　　　　3 楽い　　　　4 快い

8 小児科に行こうか<u>じびか</u>にしようか、迷った時にはこの説明を
ご覧下さい。

1 耳鼻喉　　　2 耳鼻科　　　3 鼻喉科　　　4 耳喉科

9 新鮮素材をそのまま活かした<u>どんぶり</u>専門店は昨日駅前に
オープンした。

1 盛　　　　　2 鈍　　　　　3 丼　　　　　4 丼

10 応援してくれたファンに<u>わびる</u>とともに、感謝の気持ちを
表している。

1 詫びる　　　2 謝びる　　　3 誤びる　　　4 冒ひる

問題3 （　）に入れるのに最もよいものを、1・2・3・4から一つ選びなさい。

11 このサイトには、生活の中の（　　）合理と思ったことを
たくさん載せている。

1 無　　　　　2 非　　　　　3 不　　　　　4 未

12 ここでは、バス（　　）の節約について書きたいと思います。

1 費　　　　　2 料　　　　　3 金　　　　　4 代

13 高血圧（　　）で外食の多い人にこの料理をお勧めします。

1 ぎみ　　　　2 がち　　　　3 っぽい　　　　4 性

問題４ （　　）に入れるのに最もよいものを、１・２・３・４ から一つ選びなさい。

14 飲酒運転による事故が多発している。運転手の（　　）が
   足りなすぎるのではないだろうか。
   1 覚悟　　　　2 自覚　　　　3 決心　　　　4 決断

15 中小企業を（　　）環境は悪化しており、倒産件数も増えている。
   1 取り扱う　　　　　　　　2 取り締まる
   3 取り次ぐ　　　　　　　　4 取り巻く

16 お問い合わせは、電話ではなく、メール（　　）郵送で
   お願いいたします。
   1 なお　　　　　　　　　　2 ちなみに
   3 もしくは　　　　　　　　4 ただし

17 上着に財布が入っているので、（　　）に入れて、
   鍵をかけました。
   1 ブラインド　　　　　　　2 クーラー
   3 レンジ　　　　　　　　　4 ロッカー

18 以前は新幹線も利用していたが、今では（　　）飛行機を
   利用している。
   1 それっきり　　　　　　　2 いつしか
   3 いつまでも　　　　　　　4 もっぱら

19 両者の認識に微妙な（　　）がある。

1 みぞ　　　　2 かべ　　　　　3 ずれ　　　　　4 あな

20 例の問題について（　　）考えているうちに眠れなくなった。

1 あれこれ　　　　　　　2 それこれ

3 そこそこ　　　　　　　4 それぞれ

問題5 _____に意味が最も近いものを、1・2・3・4 から一つ選びなさい。

21 病気がちの弟にはこんなはげしいスポーツはできない。

1 病気になった

2 病気になりやすい

3 病気でつらい

4 病気にかかりそうな

22 僕は、自尊心というのは絶対だとは思わない。

1 ハッカー　　　　　　2 プロセス

3 ハード　　　　　　　4 プライド

23 自分のことは自分でやってくださいと大声で母に言われた。

1 ひとり　　　　　　　2 こじん

3 おのずから　　　　　4 みずから

24 私は歩いているうちに、この町の様子をあやしく思った。

1 のろく　　　　　　　2 にくらしく

3 あらく　　　　　　　4 おかしく

25 かねてお願いしておきました件は、その後どうなって おりますでしょうか。

1 あらかじめ　　　　　2 とりあえず

3 ただちに　　　　　　4 どうにか

問題6 次の言葉の使い方として最もよいものを、1・2・3・4から一つ選びなさい。

26 **ないし**

1 山田氏は佐藤氏とないし称せられる華道の大家だ。

2 日本に行くか、ないしアメリカに行くか迷っている。

3 小橋さんの奥さんは美人でないし気立てがいい。

4 この仕事は一年ないし二年で完成する。

27 **単に**

1 単にこの仕事に熱中している人が少なくない。

2 単に台湾だけでなく日本でも問題になっている。

3 毎日単に生活していると、息が詰まりそうだ。

4 この週末を単にするのではなく、来週もここは人で一杯になる。

28 **わずか**

1 あと二週間わずかでこの作品を完成させなければならない。

2 わずか三十人ぐらいでこの会合に来てほしい。

3 成功する可能性はごくわずかだが、全然ないというものでもない。

4 そのような能力は誰しもわずかは持っているはずだ。

29 やぶれる

1 このポスターは昨日はったばかりなのに<u>破れ</u>そうだ。

2 クラスメートがついたうそは<u>破られた</u>。

3 私の不注意から窓のガラスが<u>破れた</u>。

4 音痴の田坂さんは歌を歌うと、いつも音程が<u>破れて</u>いる。

30 ご無沙汰

1 <u>ご無沙汰</u>なくどんどん召し上がってください。

2 いろいろ<u>ご無沙汰して</u>ありがとうございます。

3 長い間<u>ご無沙汰</u>いたしまして本当にすみませんでした。

4 貴社ますます<u>ご無沙汰</u>のことと存じます。

第 三 回

問題7~9影片解析

>>> 言語知識（文法・読解）<<<

問題7 次の文の（　　）に入れるのに最もよいものを、
1・2・3・4から一つ選びなさい。

31 両親がぜひ先生におめにかかりたいと（　　）。

　　1 おっしゃっていました

　　2 申し上げました

　　3 うかがっていました

　　4 申していました

32 A：「もう準備できた？」

　　B：「何を持って行ったらいいか分からなかったから、

　　　　（　　）必要になりそうなものを持って行った。」

　　1 それほど　　　　　　　　2 さっぱり

　　3 あたかも　　　　　　　　4 とりあえず

33 財布を落とした（　　）、いまさらくよくよしても
はじまらない。

　　1 すえに　　　　　　　　　2 にしても

　　3 からといって　　　　　　4 からいって

34 最近少し胃腸の具合が悪くて、少し心配していたんですが、
病院が（　　　）、行かなかったんです。

1 嫌なばかりか

2 嫌なもんで

3 嫌なことだから

4 嫌なほどに

35 近くに行き付けの店があるから、そこでゆっくり（　　　）。

1 のみきれませんか

2 のみあげませんか

3 のみおわりませんか

4 のみなおしませんか

36 お爺さんが孫のいたずらを叱るときには（　　　）と言い、
孫がお爺さんの身近にあるルールを犯したときに使う。

1 これ、これ　　　　　　　　2 それ、それ

3 あれ、あれ　　　　　　　　4 あの、あの

37 日本の民法では、満二十歳に達した人を成年といい、
一人前の社会人として（　　　）。

1 見られることにする

2 思われることにする

3 見られることになる

4 思われることになる

38 両者間の問題を円満に解決する（　　）、双方が互いに
歩み寄らざるをえないだろう。

1 には　　　　　2 とは　　　　　3 いじょう　　　4 うえに

39 簡単なことでもいざとなったら、うまく（　　）。

1 いけないものだ

2 いかないものだ

3 いかないことだ

4 いけないことだ

40 洗練された文書を書き上げようと苦闘している人は、言葉は
そんなに自分の（　　）とおっしゃるかもしれないが、それ
でもこのように反論するとき、ほとんど考えたという意識も
なしに言葉が出てきたはずである。

1 思われてならない

2 思うとおりになる

3 思わせてくれない

4 思うようにならない

41 妹が新しい映画を見たがっているので、今度の日曜日に（　　）。

1 連れて行ってくることになった

2 連れて行ってもよいそうだ

3 連れて行ってやることにした

4 連れて来てもよさそうだ

42 先ほど、お話しいたしました件ですが、私の堪違いでしたので、

（　　　）。申し訳ありませんでした。

1 なくしてしまってください

2 なかったことにしてください

3 なかったことになってください

4 なくしてしまわないでください

問題8 次の文の＿★＿に入る最もよいものを、1・2・3・4から一つ選びなさい。

43 飛行機を使ってみた ＿＿＿ ＿＿＿ ＿★＿ ＿＿＿ 時間がかかってしまった。

   1 どころか   2 早い   3 かえって   4 ところ

44 A：一緒にテニスをしようと言ってみたけど、来ないって…

   B：そうだろ。スポーツはきらいだ ＿＿＿ ＿＿＿ ＿★＿ ＿＿＿ わけがないよ。

   1 って   2 来る   3 から   4 言ってる

45 小林さんにはお世話になったから ＿＿＿ ＿★＿ ＿＿＿ ＿＿＿ 行かないわけにはいかない。

   1 定年で   2 おやめになる

   3 と聞いて   4 ごあいさつに

46 このアンケートに協力するか ＿＿＿ ＿★＿ ＿＿＿ ＿＿＿ ということにしたい。

   1 強制は   2 しない   3 自由で   4 しないかは

47 将棋のおもしろさを知って ＿★＿ ＿＿＿ ＿＿＿ ＿＿＿ 将棋の本ばかり読んでいる。

   1 からというもの   2 彼は

   3 あれば   4 暇さえ

問題9　次の文章を読んで、文章全体の趣旨を踏まえて、48から52の中に入る最もよいものを、1・2・3・4から一つ選びなさい。

　大学の研究室で使うパソコンは昨年末、23インチワイド液晶という大画面の（注1）デスクトップ　48　。だからいま欲しいのはデスクトップではなく、持ち運べるノートがいい。　49　ボクは家では椅子に座ってではなく、座卓に向かって座椅子に座布団を敷いて仕事をするからです。それで原稿を書いていると家のなかをあちこち動きたくなるから（笑）、ノートがとてもいいんですよ。

　ただ、ボクは煙草を吸うので、キーボードの上に灰が落ちるんですよ。デスクトップなら壊れたキーボードを買い替えればいいんでしょうけれど、ノートは一体型だからやばいなあと思っています。しかし、　50　という長年のスタイルは変えられないんですよ。キーボードカバーを付ければいいと言われるんですが、タッチが悪くなるからイヤなんですよ。（・・・中略・・・）

　以前に使っていたノートパソコンは鞄に入れて持ち歩いているうちに、電源が入らなくなってしまった。落としたのなら仕方がないけれども、ほこりとか振動で電気関係がダメになるというのは、　51　として問題だと思います。(注2)懐中電灯並みとまでは言わないけれど、ラジオ程度に　52　。

（注1）デスクトップ：画面と本体が別々になっているパソコン
　　　　　　　　　　のこと。

（注2）懐中電灯並み：手で持つ照明である懐中電灯と同じくらいに。

48

1　としたばかりなんです

2　にしたところなんです

3　ということになったんです

4　できるようになったんです

49

1　そのため　　　2　ところが　　　3　おまけに　　　4　なぜなら

50

1　座卓に向って仕事をする

2　パソコンを持ち歩く

3　タバコを吸いながらものを書く

4　キーボードを買い換える

51

1　道具　　　2　たまに使うもの　　3　使い方　　　　4　仕事

52

1　頑丈でなくてもいい　　　　　　2　頑丈というもんだ

3　頑丈であるべきだ　　　　　　　4　頑丈であってもいい

NOTE

問題10.11影片解析

問題10　次の（1）から（5）の文章を読んで、後の問いに対する答えとして最もよいものを、1・2・3・4から一つ選びなさい。

（１）

　100円ショップに行くと、私はどうにもいいがたい（注1）後ろめたさに襲われる。物には最低限の価値というものがあり、その価値は自分で金を払って覚えていくものである。私たちはよく、安く買った物を無駄に使い、高い金を出した物は大切にする。どんな物でも大切に使わなければいけない、と理屈ではわかっていても、出した金額によって、その物に接する態度を無意識のうちに選択している。自分に利益をもたらしてくれる、つまり利用価値の高い人間には（注2）平身低頭接し、そうではない人間——利用価値の低い人間——は邪険にする、そんな経験はないだろうか？物に対しても人に対しても、同じようなことをしている。

（注1）後ろめたさ：申し訳ない気持ち。
（注2）平身低頭接し：ここでは、力の強い相手に媚びているようす。

53 「同じようなこと」とあるが、ここではどういうことか。

　1　人は知らず知らずの内に、物や人の価値によって
　　　接する態度を決めている

　2　人は高級な物や、利用価値の高い人を無意識のうちに
　　　大切にしている

　3　物も人もその価値に関わらずに、同じ態度で接して
　　　いかなければならない

　4　物も人も同じように価値の高い物もあれば、価値の
　　　低い物も存在する

（２）

　皆さん、こんな経験はないでしょうか。誰かをとても好きになって、恋人同士としての交際を続けているうちに、ものの考え方から服や音楽の趣味までが、いつのまにか変わってしまったということが。こうした変化はえてして双方向的で、自分が変わったのと同じくらい、相手も変わるものです。

　私は、人はそうして成長してゆくものなのだと思います。人と交わり、その中で人を変え、また人から変えられてゆく。交わりにも深度があって、深ければ深いほど、相互変化の可能性や度合いは大きくなることでしょう。もちろん、深い交わりになる前に、挫折してしまう関係もあります。俗にいう（注）「馬が合わない」というやつです。

（注）「馬が合わない」：なんとなく気性が合わないこと。

54 「人はそうして成長してゆくものなのだと思います」とあるが、
なぜそのように言えるのか。

1 自分の生活や趣味を出会った相手に合わせていこうとする
　うちに、他者の存在を認めるようになるから

2 自分とは生活環境のまったく異なる他者の存在を知ることで、
　自分の優位性に気づかされるから

3 思考や生活の違う者どうしが互いに認め合い、影響したり
　影響されたりすることによって変化していくから

4 見知らぬ者どうしが偶然出会うことによって、運命が
　奇跡的なものであることを知ることになるから

（3）

アルバイト調査員募集（50人）

◆資　　　格/ 大阪市及びその近郊の居住者で日中かなりの時間

　　　　　　歩く事ができる18歳以上の男女（高校生は除く）

◆調査内容/ 衆議院選挙に関する大阪市民へのアンケート調査

◆調査方法/ 事前に調査票を郵送した対象者を訪問し、記入された

　　　　　　調査票を回収1人50票前後担当

◆調査期間/　8月1日（土）〜8月8日（土）

◆調査手当/ 記入済み調査票1票につき900円支給

　　　　　　交通費別途支給

◆申込日時/　7月22日（水）午前10時〜午後4時に電話で

　　　　　　受け付けます。

　　　　　　【電話】092-711-1111

　　　　　　受付締め切り後選考の上、採用者には28日夕方までに

　　　　　　当方より電話連絡します。

◆調査説明会/ 7月31日（金）午後3時から大阪市役所会議室にて。

　　　　　　説明会に出席できない場合は、アルバイトは無効になり

　　　　　　ますのでご注意ください。

---

55 内容に合うものは次のどれか。

1 アルバイト調査員に手当が支給されますが、交通費は
　自分で負担しなければなりません

2 採用された人は市役所での説明会に行かなければなりません

3 7月22日までに申し込んだ人は7月31日から調査を
　行なわなければなりません

4 今度の調査員のアルバイトは高校生でも申し込むことが
　できます

（４）

　最近の子どもたちは勉強に追われて遊ぶことを忘れ、学校でもクラブ活動をあまりしたがらないということを、よく聞きます。

　ほんとうの教育は、一人の長所を伸ばし、可能性を実現させることを目指しています。しかし、いまでは受験体制に取り込まれて、教育は、しばしば優越感（ゆうえつかん）を味わったり、劣等感（れっとうかん）に（注1）さいなまれる場になっています。受験技術に長（ちょう）じた一部のものは一時の幸福を味わえても、大多数の青少年は不幸に（注2）あえいでいるのではないでしょうか。

（注1）さいなまれる：苦しまれる。
（注2）あえいでいる：ここでは、苦しみ悩んでいる。

56　「一部のもの」とあるが、それは何でしょうか。
　　1　教師　　　　2　受験体制　　　　3　学校　　　4　青少年

（５）

大学の掲示板に貼ってある電車旅行のお知らせである。

電車旅行　最高!

留学生の皆さん、日本人学生と一緒に電車で楽しく旅行しませんか。

自然の中でちょっと気分転換しましょう。

　日時：7月25日（日曜日）

　目的地：日光（新宿出発）

　集合：新宿駅東口　7：50

　解散：新宿駅東口　18：30

　費用：2500円

　定員：留学生20名　日本人学生20名

　申し込み：学生課に7月15日までに費用を添えて申し込んで
　　　　　　ください。なお、定員になり次第、申し込みを
　　　　　　締め切ります。

　注：申し込み後、やむを得ない理由で取り消す場合は旅行の一週間
　　　前までに学生課に連絡してください。それ以降の取り消しは
　　　費用をお返しできませんので、ご了承ください。

---

57 この内容と合っているものは次のどれか。

1 費用は出発日の一週間前までに支払わなければならない

2 7月18日以降はキャンセルできない

3 どんな理由であっても申し込みはキャンセルできない

4 7月22日にキャンセルしたとしても二千五百円は返して
　もらえる

問題11 次の（1）から（3）の文章を読んで、後の問いに対する答えとして最もよいものを、1・2・3・4から一つ選びなさい。

（1）

　ついこのあいだ、僕は昔の国民学校の受け持ちの先生にめぐりあった。彼がめぐりめぐってこの海辺の小学校の校長に栄転してきているのを僕は知らなかった。二十何年といえば長い歳月だ。だが、平の教員から校長先生までといえば、①もっと長い遍歴だ。そのあいだ、僕はただの一度も彼を見なかった。見たいとも思わなかった。おぼえているのは、二十何年前、毎日のように殴られたことだけだった。

　ところが、彼が校長に着任すると同時に、全職員を集めて、ちょっとでも生徒に体罰を加えたりしたら容赦しないと宣言したという話をきいて、なるほどと思った。また彼が、日曜日ごとにこの町の公民館の成人講座で、着かざった（注1）PTAの婦人連を前に（注2）万葉集や古今集の話をしているともきいて、いかにもと思ったのだ。
たしかに、いまは②そういう時代だ。

　二十何年ぶりにその先生を見たのは、運動会の日だった。午後になってから僕は二人の子供をつれてでかけた。上の息子が来年その小学校にあがることになっていたからだ。それに僕には遠くからでもひと目あの先生の顔をみてやろうという下心があった。ところが、③それ以上のものが見られたのである。

（注1）PTA：親が学校の手伝いをするための組織。

（注2）万葉集や古今集：日本の有名な古典作品。

58　「①もっと長い」という理由として適当なものは次のどれか。

1　先生は、僕にとっては忘れていた人であり、そんな人の
　　人生には興味がわかなかったから

2　僕にとっては、思い出すことを避けられるものなら
　　避けたいような過去だから

3　単なる時間的な長さだけではなく、さまざまな人生の
　　経験の積み重ねがあるから

4　教育の現場は一般的な社会よりも単調なので、時間の
　　経過がゆるやかに感じられるから

59　「②そういう時代」とあるが、どんな時代か。

1　教師の技術や管理が重視される時代

2　教師の人格や知識が重視される時代

3　教師の権威や威厳が重視される時代

4　教師の地位や経歴が重視される時代

60　「③それ以上のもの」の「それ」とは何か。

1　人と言う者は、時代にどれほどの影響を受けるのかということ

2　あの自分を殴り続けた先生がいまどのような先生になって
　　いるかということ

3　昔は体罰を加えてばかりいた先生が、いまでも変わらずに
　　いるだろうということ

4　昔は自分を殴り続けた先生が、時代の影響で体罰を加えない
　　優しい先生になったということ

（２）

いったんケータイを使い出すと、日本人は誰しもたいへん奇妙な感覚におそわれるようだ。常に自分のそばに置いておかないと、落ちつかない気分に陥る。私の研究所に勤務している同僚は、職場から四キロメートルほど離れた場所に住居を構えていて、毎日、自家用車で通勤している。単身で暮らしていて、ほとんど誰かから連絡がくることはないという。それでも、自宅にケータイを忘れてくると、わざわざ取りに戻る。かかってくるあてが見込まれなくとも、やはり①肌身離さないようにしておかないと、気がすまないらしい。

大事なのはメッセージではない。それどころかメッセージが来るかどうかということですらない。メッセージがもたらされる（注1）チャンネルが確保されているかどうか、という点に関心の主眼が置かれるようになってしまっているのだ。チャンネルがないという事実そのものが、人を不安にする。本来の意味での文化的な社会における生活でなら、人々は互いに自分たちの考えを交換し、主張の中に共通点を見出しては共感したり、連帯感を抱いたりしていた。反対に、考えが異なると敵意をむき出しにすることもあった。②だが、今は違う。メッセージなど、大して意味を持たない。互いに同じ回路を共有していることそのもので連帯感が形成される。そういう傾向はもちろんマスメディアの普及と無関係ではない。「大衆社会の到来」ということが（注2）うんぬんされたのは、もう一〇〇年も昔のことである。

（注1）チャンネル：ここでは、あることを知るための方法のこと。

（注2）うんぬんされた：あれこれ言われた。

61　「①肌身離さないようにしておかないと、気がすまない」と
　　あるが、肌身離さず持ち歩くことで、何が生まれるのか。
　　1　ケータイの番号をお互いに知っているので、連帯感が生まれる
　　2　チャンネルが確保されているという連帯感が生まれる
　　3　お互いに接続できることそのものによって緊張感が生まれる
　　4　自己の主張が相手に伝わっているかどうかという緊張感が
　　　　生まれる

62　「②だが、今は違う」とあるが、コミュニケーションの形態が
　　変わった結果、昔と今では何がどのように「変わった」のか。
　　1　情報を交換する相手が、以前は共通の主張を持つ人ばかり
　　　　でなく、考えの異なる人も含まれていたが、今は同じ
　　　　考えを持つ人だけになった
　　2　メッセージの受け止め方が、以前は主張の内容によって
　　　　共感したり敵意を抱いたりしたが、今は相手の考えに
　　　　直接共感するだけになった
　　3　他者への関わり方が、以前は考えが異なると敵意を
　　　　むき出しにして対立していたが、今は異なる考えも
　　　　尊重し、許容していくようになった
　　4　他者への連帯感が、以前は互いの中に共通の主張を
　　　　見出すことで形成されたが、今は同じ回路を共有する
　　　　ことで形成されるようになった

63 筆者がいいたいことは次のどれか。

1 昔はメッセージを伝えるのには直接意見を交換する
   しかなかったが、現在ではケータイさえあれば簡単に
   意見を交換できる

2 意見を交換することによって作られていた連帯感は、
   現在では同じ回路を共有して意見の交換が出来る
   ようになった

3 人々の連帯感というものは、互いの意見の交換から
   形成されていた時代はもう終わり、新たな連帯感が
   形成されつつある

4 現在の人々は他人との考えを交換することよりも、
   他人と同じチャンネルを確保することが安心へと
   繋がっているということ

（3）

（注1）カイコは鱗翅類とよばれる、チョウやガのなかまです。しかし、日本ではただの昆虫ではなく、①とくべつな意味をもった昆虫でした。カイコではなく、「おカイコさん」と、こう農村ではよんでいました。

一九四〇年代のはじめまでは、カイコからつくった絹は、日本最大の輸出品で、日本の経済をささえていたのです。このことを、わすれないでください。ですから、日本では、カイコの研究は、ほかの昆虫にくらべて、ずっとすすんでいました。ただ、生物学の基礎研究としてではなく、養蚕業の立場からの研究がおおかったのは、当然のことです。

これからお話するカイコの休眠の研究も、大学や、蚕糸試験場の人たちだけでなく、ふつうの養蚕家の、ながいあいだの経験や観察が土台になっていることが、たくさんあるのです。カイコは卵で休眠して、冬をこします。日本の本州のような温帯地方で、もしも野外でカイコをそだてると、ふつう、②一年に二世代くりかえします。冬をこして休眠からさめた卵は、春になると発育をはじめます。そして、五月初旬に小さな幼虫がふ化してきます。この幼虫は桑をたべ、四回脱皮してまゆをつくり、さなぎになります。さなぎは二週間ほどで、親（成虫）のガになり、（注2）交尾して卵をうみます。ちょうど、六月下旬ごろになります。（後略）

（注1）カイコ：絹の生産のためにクワコを家畜化した昆虫。

（注2）交尾：体内受精をする動物の生殖行動。

64 「①とくべつな意味をもった昆虫でした」とあるが、どのような点で「とくべつな意味をもった昆虫」なのか。

1 昔から生物学の基礎研究としてのカイコの研究が
  されていた点

2 日本の農村ではカイコのことを「おカイコさん」と
  よんでいた点

3 養蚕業にかかわる人たちが、カイコに関する研究を
  していた点

4 カイコからつくられた絹が、日本の経済をささえていた点

65 「②一年に二世代くりかえします」とあるが、これは、どのようなことを言っているのか。

1 幼虫から成長した成虫が卵をうむという過程を一年の間に
  二回くりかえすということ

2 さなぎから成虫に変化する過程である脱皮を、一年の間に
  二回くりかえして成虫になるということ

3 一年の間に二回も形を変化させながら、カイコの幼虫は
  成虫になっていくのだということ

4 幼虫から成虫になったカイコは、期間をあけて一年の間に
  二回以上は卵をうむのだということ

66 カイコについての正しい説明は次のどれか。

1 当時のカイコは日本の学者の間では、他の昆虫よりも研究が
ずっと進んでいて、生物学に大変な貢献をしていた

2 当時のカイコは日本最大の輸出品であり、多くの学者の研究
や養蚕家の観察によって、他の昆虫よりもその実態が明らか
にされている

3 当時のカイコは、日本経済を支えていたので、数多くの研究
者達がカイコの研究をして、研究者の努力によって、カイコ
の実態が分かってきた

4 当時のカイコは他の昆虫よりも大切なもので、そのため多く
の養蚕家がその研究をし、カイコから絹を作り、日本経済を
支えた

NOTE

問題 12　次のＡとＢの文章を読んで、後の問い
　　　　に対する答えとして最もよいものを、
　　　　１・２・３・４から一つ選びなさい。

問題12~14影片解析

Ａ

　　最近、気になっていることがあります。それは家の近所などで、あいさつをする人や、病院や郵便局などで名前を呼ばれた時に返事をする人が、だんだん少なくなってきていることです。少し反応を示したとしても、頭を少し下げる程度で、はっきりとした声を出す人は少ないようです。

　　無言のまま、コンビニで買い物をし、携帯電話もメールのやりとりで済ますことの多くなった現代人には、他人と言葉を交わすことが煩わしくなってきたのかも知れません。

　　けれど、私のような古い人間にとっては、やはり寂しい感じがします。朝の「おはようございます」から夕方の「さようなら」まで、社会の中で穏やかに過ごすために欠かせないのはあいさつでしょう。

Ｂ

　　「おはようございます」「こんにちは」「こんばんは」「おやすみなさい」などは、ごく一般的なあいさつの言葉である。外国旅行をするとき最初に習うのが外国語のあいさつ言葉だし、親たちは幼児に早くからあいさつの言葉を覚えさせようと苦心する。これは多くの人が

あいさつは大切なことだと思っている証拠だといえる。なぜ、それほどこだわる必要があるのだろう。

　あいさつには、礼儀的な意味だけでなく、心理学的にも重要な意味があると考えられる。慶応大学の山本和男教授たちは、近隣騒音の迷惑度が、あいさつを含んだお隣づきあいと関係していることを明らかにしている。

67　ＡとＢが共通して述べていることは何か。
　　1　子供の頃から教わったあいさつ言葉の種類
　　2　あいさつすべき場所と対象
　　3　現代人があいさつをしなくなる理由
　　4　日常生活であいさつをする重要性

68　あいさつについて、Ａの筆者とＢの筆者はどのような立場をとっているか。
　　1　ＡもＢも心理的な面から現代人があいさつをしなくなった原因を突き止めるべきだと考えている
　　2　ＡもＢもあいさつ言葉は子供が小さいときから学ぶべきだと考えている
　　3　Ａは昔も今も人にとってはあいさつは不可欠なものだと考えている
　　4　Ｂは挨拶言葉は日本にも外国にも存在するものだと考えている

問題 13　次の文章を読んで、後の問いに対する答えとして最もよいものを、1・2・3・4から一つ選びなさい。

　適度な白さのコピー用紙を使うことで、再生紙の利用を促進しようという運動を「オフィス町内会」が進めている。

　「オフィス町内会」は、東京都内の百四十六の企業が、共同で古紙の分別回収と、リサイクルを進めている組織だ。

　古紙の利用を全国で定着させようとしているこの組織の悩みは、①再生コピー紙の普及が三割程度で頭打ちになっていること。研究会をつくって、もっと引き上げられないか調べたら、こんなことが分かった。

　再生コピー紙には、白さが（注1）官製はがき程度のもの（白色度 70）と、天然パルプの紙と変わらないもの（白色度 80）がある。新聞紙などを原料につくられる前者は、白色度 80 の紙よりコストが1割ほど安いが、「より白い方がよさそう」という漠然とした理由から（注2）敬遠される。それが再生紙そのものの普及の妨げになっている。

　ところが、実際に使ってもらうと、白色度 70 のものの方が「適度な白さ」で、80 のものは「白過ぎる」と感じる人が多かった。

　それなら、コストが安く環境にもよい白色度 70 の再生紙を使わない手はない。需要が増えればコストはさらに下がり、普及率も上がるに違いない。

　「オフィス町内会」はそう考え、コピー用紙の包装紙に古紙パルプの配合率と白色度を明示するよう、販売会社に求めることにした。全国の（注3）ユーザーには、日本青年会議と連携して、白色度70のものを使うよう呼び掛けている。ことはコピー紙に限らない。私たちは日常、事情をよく知らないまま、必要のない「過度なもの」を使いがちだ。その結果として環境悪化の原因の一つになっているのではないか。②この運動を、暮らしの様々な見直しにつなげていけないだろうか、と思う。

（注1）官製はがき：郵便局で売っている何も書かれていないはがき。
（注2）敬遠される：いやがられる。
（注3）ユーザー：顧客。

69　「①再生コピー紙の普及が三割程度で頭打ちになっている」
　のはなぜか。
　1　再生コピー紙は新聞などを原料に作られるので、白色度が
　　低く適当でないため
　2　白色度70と80の再生コピー紙があるが、コストが高く
　　経済的でないため
　3　再生コピー紙は白くないという観念が強く、人々は白い紙を
　　求めるため
　4　白色度70の再生コピー紙が「適度な白さ」で、白色度80は
　　「白過ぎる」と感じる人が多かったため

70 白色度 70 の再生紙について、筆者はどう考えているのか。

1 環境に良いだけではなく、コストも抑えられ、実際に
使いやすい再生紙である

2 再生紙を普及させるにはもっと白色度が抑えられる商品を
開発していかなければならない

3 白色度 70 でも 80 でも同様に再生紙であり、環境保護の
ためにもっと普及させていくべきである

4 白色度 80 よりも優れた再生紙として、全国に普及させる
ことで需要が増え、コストが抑えられるようになる

71 「②この運動」とあるが、この運動を通して、筆者は何が
わかるようになってきたのか。

1 多くの人がより白い紙を使用したがることから、再生紙の
普及が頭打ちとなり、環境の悪化の原因ともなっていると
いうこと

2 白色度 80 の再生紙よりも白色度 70 の方がより環境に良く、
コストも低いことから、普及させることで環境保護に繋がる
ということ

3 自分たちが日常の生活の中で必要以上のものを使用している
可能性があって、それが環境悪化に関係しているということ

4 再生コピー紙に限らず、人々が生活をより豊かにするために
開発したものは環境悪化の原因となっているということ

問題 14　以下は浜海市の求人情報です。問いに対する答え　　　　　　として最もよいものを、1・2・3・4から一つ　　　　　　選びなさい。

72　田中真理子さんは高卒の 21 歳の女性である。田中さんは時給
900 円以上のアルバイトを探している。田中さんが応募できる
仕事はいくつあるか。

1　このリスト上にはない　　　　2　1つ
3　2つ　　　　　　　　　　　　4　3つ

73　山下太郎さんは大卒の 27 歳の男性である。山下さんは月給
15 万円以上で、週休二日の正社員の仕事を探している。山下
さんが応募できる仕事はいくつあるか。

1　1つ　　　　　　2　2つ　　　　　　3　3つ　　　　　　4　4つ

浜海市の求人情報

	事業内容　職種	勤務時間	募集条件	給料など
A社	情報処理 システム提供 （正社員）	月〜金/土日休 一日5時間勤務	高卒以上 女性のみ	月給 13万5千円 各種補助あり
B社	パソコンの ソフトウェア の開発（正社員）	月〜土 日曜休	大卒 35歳以下	月給18万円 交通費 補助500円
C社	本のリサイクル ショップ （アルバイト）	週3日以上勤務 シフト制	高卒 女性のみ	時給950円
D社	雑誌書籍の営業 （正社員）	週休二日 シフト制	高卒以上	月給16万円 奨励金2万円
E社	家電製品の 修理補助 （アルバイト）	日・火・木・金 の四日間、 一日三時間勤務	大卒以上 男性のみ	時給2000円
F社	造園工事の施工 （アルバイト）	週三日 月　金　土	高卒以上 学生可 男性のみ	時給1200円
G社	理容業 （正社員）	週休二日 シフト制	高卒以上 25歳以下	月給 19万円 奨励金2万円
H社	不動産業 （正社員）	日曜定休 土曜は交代出勤	高卒以上 学生可	月給12万円 奨励金 10万円

NOTE

>> 簡 易 估 算 表 <<

1. 第一部分 ： 文字.語彙.文法

第一部分之合計總分為 60 分 (最低合格門檻 19 分)

按比率計算：第一部分得分 Ⓐ [　　　] 分 × 60 ÷ 84 = [　　　] 分

	答對題數	每題配分	得 分
問題 1		1 分	
問題 2		1 分	
問題 3		1 分	
問題 4		1 分	
問題 5		1 分	
問題 6		2 分	
問題 7		2 分	
問題 8		2 分	
問題 9		3 分	
合　計			Ⓐ

----

2. 第二部分 ： 読 解

第二部分之合計總分為 60 分 (最低合格門檻 19 分)

按比率計算：第二部分得分 Ⓑ [　　　] 分 × 60 ÷ 63 = [　　　] 分

	答對題數	每題配分	得 分
問題 10		3 分	
問題 11		3 分	
問題 12		3 分	
問題 13		3 分	
問題 14		3 分	
合　計			Ⓑ

第三回 答 案

題號	1	2	3	4	5	6	7	8	9	10
ANS	2	1	2	2	2	3	4	2	4	1

題號	11	12	13	14	15	16	17	18	19	20
ANS	3	4	1	2	4	3	4	4	3	1

題號	21	22	23	24	25	26	27	28	29	30
ANS	2	4	4	4	1	4	2	3	1	3

題號	31	32	33	34	35	36	37	38	39	40
ANS	4	4	3	2	4	1	3	1	2	4

題號	41	42	43	44	45	46	47	48	49	50
ANS	3	2	1	3	2	3	1	2	4	3

題號	51	52	53	54	55	56	57	58	59	60
ANS	1	3	1	3	2	4	2	3	2	2

題號	61	62	63	64	65	66	67	68	69	70
ANS	2	4	4	4	1	2	4	3	3	1

題號	71	72	73
ANS	3	2	1

**第三回 重組練習題 ANS

(43) 4-2-1-3   (44) 1-4-3-2   (45) 1-2-3-4

(46) 4-3-1-2   (47) 1-4-3-2

第 四 回

問題1~6影片解析

>>> 言語知識（文字・語彙）<<<

問題1 ＿＿＿＿のことばの読み方として最もよいものを、
　　　　1・2・3・4から一つ選びなさい。

1 これから、新緑が<u>眩しい</u>大自然リゾートを紹介させて
　　いただきます。
　　1 むなしい　　　　　　　2 かなしい
　　3 まずしい　　　　　　　4 まぶしい

2 私は想像より<u>遥か</u>に激しい気持ちをぶつけられたので
　　驚きました。
　　1 たまかに　　　　　　　2 はるかに
　　3 おだやかに　　　　　　4 じかに

3 ドライブのとき、私はよくラジオや高速道路の<u>渋滞</u>情報
　　などを利用する。
　　1 じゅうしょう　　　　　2 じゅうてい
　　3 じゅうざい　　　　　　4 じゅうたい

4 判子屋さんの商品は特殊な物を除いて基本的にご注文を
頂いた翌日の発送となります。

1 はんこ　　　　　　　2 はだか

3 はんし　　　　　　　4 ばんこ

5 これは必要な知識と技術を習得し、問題解決能力を養う
カリキュラムです。

1 うしなう　　　　　　2 やしなう

3 やとう　　　　　　　4 うたがう

問題2 ＿＿＿のことばを漢字で書くとき最もよいものを、 1・2・3・4から一つ選びなさい。

6 日程上の都合で、5月に実施すべき記念式典を1年遅らせて もよおす。

1 進す　　　　2 催す　　　　3 行す　　　　4 挙す

7 パソコンの動きがにぶいのはウイルス感染の恐れがあります。

1 鈍い　　　　2 渋い　　　　3 脆い　　　　4 慢い

8 おじぎなどの動作によって、相手への敬意を表現します。

1 時宜　　　　2 指揮　　　　3 自家　　　　4 辞儀

9 やさしい肌ざわりのぬのナプキンをどこで買えるか教えて ください。

1 浜　　　　2 錆　　　　3 布　　　　4 絹

10 警察は拾得物として預かり、もちぬしを捜している。

1 持ち者　　　2 持ち主　　　3 持ち人　　　4 持ち師

問題3　（　　）に入れるのに最もよいものを、1・2・3・4から一つ選びなさい。

11 英語（　　）の文化に関する本を山田さんが何冊も紹介してくれた。

1 科　　　　　　2 網　　　　　　3 系　　　　　　4 圏

12 障害者用の駐車スペースは長い距離を歩き（　　）人のために空けておくべきだ。

1 やすい　　　　2 かねる　　　　3 づらい　　　　4 がたい

13 瞑想によって独特の世界観を築き（　　）ことも可能だと思っている。

1 つづく　　　　2 あげる　　　　3 かける　　　　4 こなす

問題4 （　）に入れるのに最もよいものを、1・2・3・4 から一つ選びなさい。

14 現場研修によってスキルを高めていく正社員を減らしたことで、社内の技術や（　）の伝承が途切れてしまった。

1 コントロール　　　　　2 コスト
3 リスク　　　　　　　　4 ノウハウ

15 老人を（　）お金を取るなんて、ひどい事件だ。

1 ごまかして　　　　　　2 うらぎって
3 うたがって　　　　　　4 だまして

16 夢中になれるものに積極的に（　）と、ストレスが解消できるという。

1 取り入れる　　　　　　2 取り込む
3 取り戻す　　　　　　　4 取り組む

17 最近（　）疲れ気味だから、きょうはどこへも行かないで家で休んでいよう。

1 なんだか　　　　　　　2 なんども
3 なんにも　　　　　　　4 なんなりと

18 現実の問題に（　）して、校長も頭をなやませている。

1 対決　　　2 対面　　　3 直面　　　4 隣接

19 この問題は一度やったことがあるが、記憶が（　　）で、
はっきり覚えていない。
1 ありのまま　　　　　　2 あやふや
3 あべこべ　　　　　　　4 あちこち

20 「大変（　　）お話なのですが、今回は辞退させて
いただきます。」
1 残念な　　　　　　　　2 めでたい
3 ありがたい　　　　　　4 申し訳ない

問題5 ＿＿＿＿に意味が最も近いものを、1・2・3・4 から一つ選びなさい。

21 今週は会議が多くて、火曜日午後に二つ<u>ぶつかって</u>しまった。

1 もうけて　　　　　　2 もりあがって

3 かさなって　　　　　4 であって

22 何度も傷つけられていた彼は<u>ついに</u>勇気を持って立ち上がった。

1 そっと　　　　　　　2 しきりに

3 とうとう　　　　　　4 いずれにしても

23 お忙しいところを<u>おいでくださって</u>、本当にありがとう
ございました。

1 ごはいちょうしてくださって

2 おこしくださって

3 おあがりくださって

4 おうけたまりくださって

24 この建物にはエレベーターもスロープもなく、お年寄りや
障害者への<u>配慮</u>に欠けている。

1 心をこめる

2 心をつかむ

3 心をおく

4 心をくばる

25 普段の真面目な様子からみて、<u>無断で</u>物を持ち出すとは
考えにくい。

1 こばまない　　　　　2 ことわらない

3 あやまらない　　　　4 あけない

問題6 次の言葉の使い方として最もよいものを、1・2・3・4から一つ選びなさい。

26 強がる

1 練習を重ねたうちのチームはとうとう強がってきた。

2 強がりを増やすために、コンクリートもたくさん注いだ。

3 私はややもすれば、強がって可愛くない事を言ってしまいがちだ。

4 首相の辞任は避けられないとの声が強がっている。

27 無口

1 心配しないで、彼は絶対この秘密を漏らすことはないよ。無口にしているから。

2 無口な料理をむりやり食べさせられるとは、とんでもないことだ。

3 「無口有心」というものの使い方を知っているか。

4 彼女は、無口になりがちで誤解をよくうけている。

28 本気

1 本気を言うなら、今度はこちらが責任を背負わなければならないのだ。

2 いつも本気をかくして仕事ばかりやっている彼を認めることができない。

3 ダイエットに失敗つづきの人でも本気で痩せたい人のための方法を紹介します。

4 人とのつながりを大切に、本気を持ってお世話させて
いただきます。

29 慣習

1 夏は早起きを慣習化するチャンスだ。

2 女性が祭りに参加することが出来ないという慣習も
つい最近まで残っていた。

3 漢字・語彙・慣習的表現を適切に使用できるようになった。

4 武力で、粗悪な自分の慣習を外の者に押しつけているだけだ。

30 適性

1 メールの文面をチェックして、不適性な表現がないか
チェックしてくれる。

2 産後太りを解消するために適性な運動をしてみないか。

3 生物は長い進化の過程で刻々と変わる自然環境に巧みに
適性してきた。

4 社員の能力、持ち味や適性を客観的にとらえられるような
試験を行う。

第 四 回

問題7~9影片解析

>>> 言語知識（文法・読解）<<<

問題7　次の文の（　　）に入れるのに最もよいものを、
**　　　　1・2・3・4から一つ選びなさい。**

31 平仮名も分からない人が（　　）こんなに難しい本を
読むことができるでしょうか。
1 いっこうに
2 さすがに
3 おそらく
4 どうして

32 いつまでもきれいな（　　）と願っていた母は思ったとおりに
人生を終えた。
1 ままにやりたい　　　　　2 ままでほしい
3 ままでいたい　　　　　　4 ままにほしい

33 銀行、郵便局を（　　）、金融システムのオンライン化が
進んでいる。
1 とわず　　　　　　　　　2 もとにして
3 めぐって　　　　　　　　4 きっかけに

34 国際社会で自分の主張を明確にできない（　　）、国も信頼を
損なう。

　　1 ものでは

　　2 ためでは

　　3 わけでは

　　4 ようでは

35 家族全員がそろうことが少なくなったせいか、知らない者
どうしがすわっている（　　）。

　　1 感じがする

　　2 感じをする

　　3 感じにある

　　4 感じだろう

36 天気が回復しない以上は、今回の出発は（　　）。

　　1 あきらめるよりしかない

　　2 あきらめるわけでない

　　3 あきらめざるを得ない

　　4 あきられるには早い

37 地図の上で見ると、日本は多くの島々（　　）なっている
ことがよく分かる。

　　1 から　　　　2 さえ　　　　3 でも　　　　4 ほど

38 結婚式に 100 人くらい呼ぶ（　　　）、いったいいくらかかる
だろう。

1 とみえて

2 とすると

3 からすると

4 といって

39 模範文集から、何か名文句をさがし出して、相手を感心させて
（　　　）とか、そういう下心は決して手紙の書きかたの正道
ではない。

1 もらおう　　　　　　　　2 やろう

3 みたい　　　　　　　　　4 いこう

40 わたしたちは言葉なしには暮らせない。日本に住む人（　　　）
考えてみても、多くの人にとって日本語は空気のようにあたり
に充満している。

1 さえ　　　　　　　　　　2 ほど

3 こそ　　　　　　　　　　4 だけ

41 お食事のご用意ができましたので、こちらへ（　　　）。

1 めしあがってください

2 いただいてください

3 まいってください

4 おいでください

42 A : たけしくん、ギターがひけるそうですね。

　　ずいぶん練習されたんですか。

B : いいえ、ひけるといってもまだみんなに（　　）。

1 聞いてあげるものではありません

2 聞いてもらうほどではありません

3 聞いてもらうわけではありません

4 聞いてあげることはありません

問題8　次の文の　★　に入る最もよいものを、1・2・3・4から一つ選びなさい。

43　子供のためを ＿＿＿ ＿＿＿ ★ ＿＿＿ 用意させたのです。

1 思っている　　　　　　　2 からこそ

3 子ども自身に　　　　　　4 留学の費用は

44　泥棒にかなりの額の ＿＿＿ ＿＿＿ ★ ＿＿＿
取られなくて不幸中の幸いだった。

1 したが　　　　　　　　　2 とられは

3 命を　　　　　　　　　　4 現金を

45　お客さんにきちんとあいさつする ＿＿＿ ★ ＿＿＿
＿＿＿ やりなさい。

1 から　　　　　　　　　　2 言われなくても

3 子供ではない　　　　　　4 くらい

46　もうすこし回りのことも考えればいいのに ＿＿＿ ＿＿＿
★ ＿＿＿ 嫌がられる。

1 思うままに　　　　　　　2 しようと

3 するから　　　　　　　　4 自分の

47 A：申し訳ありません。ほとんどできましたが、全部は
　　できませんでした。

B：ここまでできれば十分です。こちらが仕事を ＿＿＿＿＿

　　＿＿★＿＿ ＿＿＿＿＿ ＿＿＿＿ 申し訳ありません。

1 ものですから　　　　　2 無理をしてもらい、

3 急がせた　　　　　　　4 こちらこそ

問題9 次の文章を読んで、文章全体の趣旨を踏まえて、48から52の中に入る最もよいものを、1・2・3・4から一つ選びなさい。

　ただ私たち日本人の場合、どうしてもまず日本という国の枠を考え、その枠組みの中で、「世界に誇れる日本人の資質とは何か」と考える 48 。

　日本という国が、私たちの生活にとって、依然として強い拘束力を持っていることはまちがいありません。 49A 現代では、自分の国の利益さえ守れればそれでよい、という時代ではなくなってきています。そのことは、（注）グローバル・イシューが広く認識されるようになったことにも表れています。

　 49B 世界の自然環境を守ることと、ある国の経済的利益が衝突するということは、いくらでも起こりうることです。そのときに私たちが、自分の国の国益だけにとらわれずに、より普遍的な視点から発想できるかどうかが問題になってきます。一つの時代を共に生きるということは、その時代が抱える課題を、世界の人々と共有する 50 です。

　交通、通信手段の発達によって、実質的に地球は狭くなってきました。また、全世界が直面している困難な事態について、国境を越えて、地球規模で協力しあうことが必要な時代になっています。今の

時代は、 51 から地球時代へと、移り変わりつつあります。この変化に対応して、国家の枠組にそった国際感覚だけでなく、より広い 52 としての意識が要請されるようになって来ました。

（注）グローバル・イシュー：グローバル時代に生じた国や地域を越えて解決すべき地球規模の問題のこと。

48
1 わけではないじゃありませんか
2 はずもありませんのに
3 ようになっています
4 ことになってしまいがちです

49A-B
1 それに　　／　これほど
2 ただし　　／　それゆえ
3 ただ　　　／　たとえば
4 ところで　／　そのうえ

50
1 ことでもあるから　　　　　2 ようになるから
3 というはずのから　　　　　4 というものから

51

1 困難時代　　　　　　2 全民時代

3 国際化時代　　　　　4 情報時代

52

1 地球市民　　　　　　2 国境市民

3 国際市民　　　　　　4 自然市民

NOTE

問題10 次の（1）から（5）の文章を読んで、後の問いに対する答えとして最もよいものを、1・2・3・4から一つ選びなさい。

問題10.11影片解析

（1）

　自転車の後ろの荷台に小さな金属製の箱を載せたアイスキャンデー売りのおじさんが公園にやってくると、それまで（注）汗まみれで公園中を走り回った子供たちは、10円（五円玉だったかもしれない）を握って、いっせいにおじさんの方へ向かう。アイスキャンデーを手に、しばらくの間は遊びを忘れて、それに夢中になる。<u>それ</u>までは子供たちの大きな声に消されてしまったようで、あまり聞こえなかった「ミーン　ミーン」というセミの鳴き声がまるでこのときを待っていたかのように公園一杯に響く。

（注）汗まみれ：汗だらけ。

53　「<u>それ</u>」とあるが、どういうことか。
　　1　子どもが汗まみれで公園を走り回っていること
　　2　アイスキャンデー売りのおじさんが公園へ来たこと
　　3　子どもが遊びを忘れてアイスキャンデーに夢中になっていること
　　4　子どもの大きな声でセミのなき声が聞こえなかったこと

（2）

　経済は（注1）通貨、つまりお金の取引によって成り立っているが、その通貨は通常、銀行を（注2）仲立ちとして取引される。

　とはいっても、銀行は自由に通貨を出し入れしているわけではない。通貨のほとんどは中央銀行（日本では日本銀行）によって発行され、管理されている（発券銀行）。つまり、中央銀行は銀行の上に立って、その時々の経済の状態を考慮しながら、世の中に適度の量の通貨が流通するように関心を払っているのである。

　また、中央銀行は一般企業や個人とは取引をもたず、銀行のみと取引を行なう（銀行の銀行）。中央銀行は銀行を相手に通貨を調節しているのである。

（注1）通貨：お金のこと。
（注2）仲立ち：ある人や会社と別の人や会社との付き合いを
　　　　　　　　手伝う人や組織。

54 日本における中央銀行と銀行との違いについて正しく説明する
ものは次のどれか。

1 中央銀行は銀行の上に立っているが、通貨は銀行から
　中央銀行へ流通されている

2 中央銀行に対して適度な量の通貨が流通するよう、
　銀行が気をくばっている

3 日本では日本銀行が発券銀行として通貨を発行し、
　管理している

4 中央銀行は個人とは取引をもたず、銀行や企業と
　だけ取引を行なう

（３）

拝啓

　時下ますますご発展のこととうけたまわりお慶び申しあげます。

日頃は格別のご高配を賜り、誠にありがとうごうざいます。

　さて、貴社とのお取り引きも、４年目に入りました。おかげさまを

もちまして、弊社の業績も順調に経過し、今回の新製品の発売で新た

な段階を迎えようとしております。

　つきましては、これまでの取り引き実績を（注1）ご勘案の上、

今後の取り引き条件をご変更願えればと、お願い申しあげる次第で

ございます。

　現在のところ、購入代金はすべて現金支払いになっておりますが、

これを90日の（注2）手形決済にご変更いただければと存じます。

大変勝手なことを申しあげますが、なにとぞご了承くださいます

よう、切にお願い申しあげます。

敬具

（注1）勘案：様々な状況を考えること。

（注2）手形：一定期間後に現金化できる証書のこと。

55 この手紙はどんな目的で書かれたものですか。

1 新しい製品の発売について、取引相手に意見を聞くために
書かれた

2 これからは現金で支払うことに変更することを知らせる
ために書かれた

3 これまでの取引に関する条件を変えさせてもらうために
書かれた

4 支払い方法を現金から手形決済に変更することのメリットを
先方に説明するために書かれた

（４）

　飛行機の色は、主に銀色が使われている。銀色は、太陽の光をよく反射するので、遠くから飛んでくる別の飛行機を素早く見つけることができ、安全に役立つ。同時に外の熱が機内に伝わるのを防ぐことができるので、室温を有効に保つためにもよい色だと言える。また、（注）胴体の中央に、赤・だいだい・青などの鮮やかな色で、細長い線を書き入れているが、これはスピード感を出す役目を果たしている。このスピード感を出す色の使い方の例は、飛行機のほか、新幹線を走る電車やスポーツカーなどにも見られる。

（注）胴体：ここでは飛行機の客室などがある部分のこと。

56 内容にあっているものは次のどれか。
　1　銀色はスピード感を出すことに役立っている
　2　飛行機の色に銀色が使われているのは機内の熱を外に
　　　伝えるためである
　3　電車やスポーツカーは、銀色を使って中の熱を外に
　　　逃がしている
　4　新幹線の車両には、胴体の中央に鮮やかな色で細長い線が
　　　書き入れてある

（5）

古い PC のデータを削除しよう。いちばん手軽に行なえるのが、（注1）リカバリー機能を使って出荷状態に戻すことだが、データ復元ソフトなどで復元されてしまう可能性がある。めんどうでも、『CCleaner』のようなデータ削除ソフトでデータを一度削除したあとにリカバリーを行なうのが安心だ。

また、（注2）査定や出品用に撮影する前に、本体もキレイに掃除しておこう。左のアイテムは、"パソコン買取.com"で使用している掃除道具一式。といっても特別なものではなく、どれもホームセンターなどで購入できるものばかり。これらの道具を使ってピカピカにして高値を狙おう。

（注1）リカバリー機能：パソコンをご購入時の状態に戻す機能。
（注2）査定：ある商品の金額や質、状態を調査して価格を判定
　　　　　　　すること。

57　「これらの道具」とは何を指しているか。
　　1　パソコンのデータを削除するソフトと本体を掃除する道具
　　2　パソコンを新品同様に戻すことが出来る魔法のような道具
　　3　パソコンのデータを削除したり、状態も出荷前に戻すため
　　　の道具
　　4　パソコン本体の外観をきれいに掃除するための道具

問題11　次の（1）から（3）の文章を読んで、後の問い
###　　　に対する答えとして最もよいものを、1・2・3・4
###　　　から一つ選びなさい。

（1）

　インスタント・ラーメンが、はじめてこの世に登場したのは1958年のことであり、その場所は日本の大阪であった。穀類を粉にして、（注1）水で練り、細長く成型した食べ物、すなわち、麺類は、紀元前1世紀ごろに中国で発明されたといわれている。その後、2000年かけて、その普及の範囲を東アジア、東南アジア、中央アジア、そして（注2）チベット高原へと広げていった。しかし、この年以降、麺はその普及範囲を爆発的に広げることとなった。1990年の調査によると、インスタント・ラーメンを生産している国は世界に32カ国ある。しかも、その中にはアフリカ、（注3）オセアニア、南アジア、ヨーロッパ、中南米、北アメリカなど、いままで（　①　）の国家が数多くふくまれている。つまり、わずか32年で、インスタント・ラーメンは全世界に普及したのである。

　一方、同じようにこの30～40年間で世界中に普及した食べ物に、アメリカ合衆国生まれのコーラとハンバーガーがある。筆者の見たところでも、標高3700メートルのチベットの首都（注4）ラサの食堂のメニューにもハンバーガーとラーメンが並んでいたし、

南太平洋の（注5）クック諸島の小さな島の食料品店にもインスタント・ラーメンとコーラが売られていた。

　しかし、②両者の普及の様子を詳しくみてゆくと、きわめて興味深い差異がみられるのに気が付く。コーラやハンバーガーは、世界の各地域でほとんど変化をせずに普及している。それに対して、インスタント・ラーメンは、各地域の文化によって大きな変容を受けつつ普及しているのである。つまり、ラサのハンバーガーや、クック諸島のコーラは、その他の地域で食べたり、飲んだりする③それとまったく違わないのに対し、インスタント・ラーメンは、各地域によってまったく違う食品に変化している事があるのである。　（後略）

（注1）水で練り：小麦粉などに水を入れて練ること。
（注2）チベット高原：チベット地方の高原。
（注3）オセアニア：南太平洋地域、大洋州。
（注4）ラサ：チベットの中心都市。
（注5）クック諸島：南太平洋にある諸島の名前。

58 （　①　）に入るもっとも適当なことばは次のどれか。
　　1 インスタント・ラーメンを食べる習慣があった地域
　　2 インスタント・ラーメンを食べる習慣がなかった地域
　　3 麺類を食べる習慣があった地域
　　4 麺類を食べる習慣がなかった地域

59 「②両者」は何をさしているか。

1 「コーラ」と「ハンバーガー」

2 「ハンバーガー」と「インスタント・ラーメン」

3 「ハンバーガー、コーラ」と「インスタント・ラーメン」

4 「ハンバーガー、インスタント・ラーメン」と「コーラ」

60 「③それ」は何をさしているのか。

1 ハンバーガーやコーラ

2 ラサのハンバーガー

3 クック諸島のコーラ

4 ラサのハンバーガーやクック諸島のコーラ

（2）

　人間は、だれでも、それぞれの顔が違うように、（注）めいめい、他人と異なる点を持っております。そのような、だれでもがもっている、その人をその人として他の人と区別する特殊な点を考えて、①これをその人の個性と呼ぶことが、一般に行われているようです。たしかに個性という以上は、その人だけの持つ特殊なものが、意味されていなくてはなりません。

　しかし、ただその人を他の人と区別するだけのものとしたら、個性というものは、常にその人の価値と結び付くとは限らないでありましょう。たとえば、左ききの人は、右ききの人に比べて目だって見えます。目立つということは、自分と他人との区別がはっきりしていることですから、もし個性というものが、自分を他人からきわだたせるものだとしたら、左ききの人は、ふつうの人に比べて、はるかに個性の強い人ということになるわけです。個性ということばが、ただ単に特殊をさすと考えると、人間の価値とは関係のないものとなってしまわなければなりません。

　個性尊重とか、個性的な作品とかいうことばが、とうぜん価値と結び付いたものとして考えられなくてはなりません。作品が個性をもっているというのは、その作品に書かれたものごとや描き方が、ひじょうに珍しい場合をいうのではありません。もしそうだとしたら、今

までだれも書かなかったことや、知らなかった世界を、なるべく風変わりな描き方で表現すれば、それが個性的であることになります。このような個性に対する誤った考え方が、②単に珍しい作品などを、価値の高い作品と見誤るのです。

（注）めいめい：各自。

61　「①これ」とあるが、ここではどういうことか。

　　1　自分だけの個性を持っている人は少ない

　　2　人間は誰でも同じような顔をしている

　　3　他人と区別できる自分だけの特別なところ

　　4　誰でも他人とは異なる自分だけの顔がある

62　筆者の話によると、個性とは何か。

　　1　個性というものは他人と区別するだけの物ではなく、
　　　　その人だけの価値も含むものである

　　2　個性とは他人と異なっている点を持つことも大事だが、
　　　　その違いが特殊であることも重要である

　　3　他人と異なっている点が大きければ大きいほど、その
　　　　人の個性も強いということになる

　　4　他人と区別できる何かを持っていれば、それはその人の
　　　　個性ということになる

63 「②単に珍しい作品などを、価値の高い作品と見誤るのです」
とあるが、なぜそうなるのか。

1　現在では多くの人がただの風変わりな作品か、それとも
　　個性的な作品か、を見分け付けられなくなっているため、
　　個性的ということについてよく考える必要があるから

2　風変わりに書かれた作品を簡単に個性的と思ってしまうと、
　　その作品の個性が本当に特別な価値があるかどうかが分か
　　らなくなってしまうから

3　多くの作品が風変わりに表現されているので、どの作品に
　　本当に高い価値があるかが、見分けが付かなくなっている
　　から

4　作品の持つ個性が本当に価値ある個性なのかをよく考え
　　ずに、単純に風変わりに書かれた作品を個性的と思って
　　しまうから

（３）

「仮想現実」とは聞きなれないことばだが、最近よく言われる

（注1）「バーチャル・リアリティー」、つまりコンピューターを使っ

て現実を疑似体験させることを日本語に訳すと、こうなるのだそうで

ある。このたび、画面にうつる等身大の投手が球を投げると、本物の

球が飛んでくる装置ができたという記事を読んだ。画面の投手は元プ

ロ野球の選手であるから、（注2）しろうとの自分がプロの投手の投

げた球を打った気分になれる。実に①おもしろい装置だと思って感心

した。

　ところがこうした装置はスポーツや娯楽にかぎらず、医療の分野

でも利用されているそうである。動物園に行きたいが病気で行くこと

のできない少年がいる。その目の前に動物園の立体映像がうつる。

少年がレバーを動かすと映像が動き、切符売り場を通り、中に入る。

サルやゾウのいる所に近づくと、なき声が聞こえてくる。動物園に

行った気分になった②少年は、すっかり明るくなり、集中力も高まっ

たそうだ。

　また運動の機能や反応の速さの検査にも利用できる。地震の映像を

見せると見た人の体が地震のときのように反応するので、その動き

から機能の検査ができる。お年寄りは健康に見えても体の機能がおと

ろえていることがあるが、この検査で事故を予防することができる

そうだ。

　コンピューターがものを教えてくれ、スポーツの訓練をしてくれ、医療行為の一部をしてくれる。人間のすることは少なくなった。将来は学校も病院も、たくさんのコンピューターと二、三人の技師だけになるかもしれない。

（注1）バーチャル・リアリティー：コンピューターを使って現実にないものをまるで現実にあるように見せる技術。

（注2）しろうと：経験が浅く、未熟な人。

64　「①おもしろい装置」とはどんなものなのか。
　　1　実際にプロの選手がそこにいて、球を投げてくると感じ
　　　られる装置
　　2　プロの投手が実際にその場に居て、しろうとの人に球を
　　　投げてくれる装置
　　3　コンピュータの画面から実際に本物の球が飛んでくる装置
　　4　画面の投手とプロの投手が本物の球を投げてくれると感じ
　　　られる装置

65　「②少年は、すっかり明るくなり、集中力も高まったそうだ」
　　とあるが、それはなぜか。
　　1　立体映像は医療でも利用されていて、人の集中力を増加
　　　させる効果があるから

2　仮想現実を通して、行くことができなかった動物園に
　　行けた気分になったから

3　病気がよくなり、行きたかった動物園に行くことができる
　　ようになったから

4　立体映像の動物が実際の動物園の動物と全く同じで、
　　びっくりしたから

66　この文章では、コンピューターが何をしてくれると言って
　　いるか。

1　人の運動の機能を高めるだけではなく、医療の分野でも
　　実際に人の病気の治療をしてくれる

2　事故を防いだり、仮想現実を体験したりと、人間が出来る
　　ことを全てかわりに処理してくれる

3　人間の生活に必要な医療知識を提供するだけではなく、
　　多くの仮想現実を体験させてくれる

4　物事を調べることだけではなく、娯楽から医療までと
　　さまざまな分野で人間をサポートしてくれる

問題 12　次のＡとＢの文章を読んで、後の問いに対する答えとして最もよいものを、１・２・３・４から一つ選びなさい。

問題12~14影片解析

Ａ

　日本では今、全国九つの都市の地下鉄が全面禁煙であり、各航空会社の国内線が全席禁煙である。JRの長距離列車では60％以上が禁煙車になっている。これは喫煙者にとっては、誠に不便であり、不公平なやり方だと思う。地下鉄のような利用時間の短いものはいいとして、JRや飛行機など長時間を過ごす乗り物で喫煙できないのは苦痛である。

　禁煙を強（し）いる理由は空気をきれいにするということだが、それなら、もっと効果的な方法がある。ディーゼル車を減らすことだ。ディーゼル車の排気ガスにはタバコの何百倍もの有毒物質が含まれているからだ。

　私は嫌煙権を否定するものではない。しかし、嫌煙者（けんえんしゃ）の権利を認めるなら、喫煙者の権利も認めてほしいのである。どこも全面禁煙にするのではなく、喫煙場所を確保してもらいたいのである。そのためには、タバコの煙が禁煙席に流れないようにする装置の開発も必要であろう。

　私は、嫌煙者（けんえんしゃ）と喫煙者が共存できる社会を望んでいる。

B

火のついたタバコから出る煙に人体に有害な物質が含まれていることは周知の事実である。しかし、タバコは、酒やコーヒーと同じように嗜好品である。有害なことを承知の上で、成人のタバコ愛好者が私的な空間で楽しむ限りにおいては、誰も異議を唱える（とな）ものではない。

喫煙という行為が他人に迷惑となるのは、主として次の二つの場合であろう。一つは、非喫煙者がいる室内であり、もう一つは、街の中での歩きながらのタバコ、つまり、「歩きタバコ」である。

前者の場合、タバコの有害な煙は部屋全体に広がるので、仮に喫煙者のそばにいなくても同室者は有害な煙を吸わされる。実はこの受動喫煙による健康被害は、自分からタバコを吸う能動喫煙によるものより大きいという研究報告がある。後者の場合は、火のついたタバコを持って歩くのだから、すれ違う人に火傷をさせる危険性がある。喫煙者は以上のような迷惑をかけずにタバコを楽しんでもらいたい。

67 AとBどちらの文章にも触れられている内容はどれか。

1 受動喫煙による健康被害

2 禁煙とされている場所

3 成人にタバコを吸う権利があること

4 日本各地で禁煙の場所が増えていること

68 喫煙者に対する態度について、Aの筆者とBの筆者はどのような
立場をとっているか。

1 AもBも社会は喫煙者の権利を認めるべきではないと考えて
いる

2 AもBも非喫煙者は喫煙者にもっと配慮すべきだと考えている

3 Aは社会は喫煙者の権利も認めるべきだと考えている

4 Bは喫煙者の存在が大変危険であると考えている

問題13　次の文章を読んで、後の問いに対する答えとして最もよいものを、1・2・3・4から一つ選びなさい。

このような（注1）軍拡競争は、①生物の世界にも日常的に存在する。それは、生物どうしがいろいろな競争状態にあるからだ。一歩でも相手を出し抜いたほうが生き残れるときには、そのような遺伝的変異をもった個体が有利になるだろうが、同時に、相手もそれを出し抜くことができれば、そちらのほうが有利になる。そこで、両方の生物に対して、（注2）はてしない変化の連続の可能性が出てくる。

たとえば（注3）カッコウという鳥と、カッコウに寄生される鳥を考えてみよう。カッコウは、自分ではヒナの世話をせず、（注4）ウグイスなどの他種の鳥の巣に卵を産みこみ、その種に世話をさせる。②そんなものを引き受けさせられるほうは困ったものなので、カッコウを追い払う。そこで、カッコウは非常に巧妙に卵を産み込む手段を開発する。まず、宿主の鳥のいないときを見計らって、その鳥の卵を一つ放り出し、そこへ自分の卵をあっという間に産み付けるのだ。

帰ってきた宿主の鳥が卵を見分けられずに受け入れてしまうと、たいへんなことになる。カッコウのヒナは、宿主の卵を一つずつ背中にのせて巣の外に放り出してしまうのだ。こうして自分だけになった

カッコウのヒナは、宿主の親鳥（おやどり）の世話を一身に受けて大きく育つ。

　そこで宿主の鳥としては、③卵を見分けたほうが自分のためだ。実際、いくつかの種では、カッコウの卵を見分けて放り出す。ところが、カッコウもそれに対応して宿主の卵と酷似した卵を産むようになり、見分けるのはますますむずかしくなる。事実、異なる種の宿主に寄生しているカッコウどうしは、まったく異なるタイプの卵を産む。これは、進化的軍拡競争の典型的な例だ。　　（後略）

（注1）軍拡競争：軍隊などを強化することの競争。

（注2）はてしない：ずっと続いている様子。

（注3）カッコウ：鳥の名前。

（注4）ウグイス：鳥の名前。

69　「①生物の世界」の説明として内容に合う最も適当なものは
　　次のどれか。
　　1　生物の世界にも軍事活動があり、群れとなって攻撃する
　　　　こともよくある
　　2　生物は遺伝的変異を目指して、相手にも負けない攻撃力を
　　　　身につけている
　　3　生物は人間の軍拡競争と同じように、相手を破るために、
　　　　いろいろと変化している
　　4　生物の世界では有利なポジションを占めるために、相手を
　　　　変異させて勝ち抜いていく

70 「②そんなもの」とあるが、何を指しているか。

    1 カッコウのたまご

    2 ウグイスのたまご

    3 ウグイスのひな

    4 カッコウのひな

71 「③卵を見分けたほうが自分のためだ」とあるが、なぜなのか。

    1 カッコウに寄生される鳥はカッコウの卵を放り出すから

    2 カッコウの巣に他の鳥の卵を産み付けることがあるから

    3 カッコウの卵はいろいろな種類があるから

    4 カッコウの卵を育てると、自分の卵が全部捨てられるから

問題 14　以下は青山工業大学の試験の注意事項です。問いに対する答えとして最もよいものを、1・2・3・4から一つ選びなさい。

[72] 教室に入ることができない人は、どの人ですか。

　　1　8 時 55 分に教室に来た人

　　2　14 時 5 分に教室に来た人

　　3　15 時 55 分に教室に来た人

　　4　9 時 15 分に教室に来た人

[73] この文章の内容と合っているものは次のどれですか。

　　1　教室で他の人と問題、解答用紙をかえたときには、
　　　次回の受験資格をうしないます

　　2　受験者は問題と解答用紙に受験番号か名前を
　　　書かなければなりません

　　3　「聴解」の試験では、試験が始まって 10 分以内なら
　　　教室に入ることができます

　　4　受験者が他の人の迷惑になることをしたとき、
　　　試験の成績は 0 点になります

青山工業大学　入学試験　注意事項

試験時間/科目	9：10～10：10	国語
	14：00～14：50	英語聴解
	15：50～16：40	数学

注意事項

【一】受験者は試験開始 20 分前までに教室に入ってください。

【二】試験が始まって 10 分が経過した場合、教室に入ることが
できなくなります。また、「聴解」の試験では、試験開始後、
教室に入れません。

【三】2 月 20 日の試験日には、受験票と筆記用具（HB のえんぴつ、
消しゴム）を持参してください。

【四】解答はマークシート方式です。必ず 2B の鉛筆を使用してくだ
さい。ペンやボールペン、シャープペンは使用できません。
マークがうすい場合、採点されません。

【五】以下のことがあった場合には、試験の成績は 0 点となります。
ご注意ください。

①試験中に他の人に答えを教えたり、他の人に答えを教えて
もらったりした場合。

②教室で他の人と問題、解答用紙の交換が認められた場合。

③受験者本人以外が受験したことが認められた場合。

④問題と解答用紙に受験者の名前と受験番号の記載がない場合。

⑤他の受験者の迷惑となる行為をしたとき。

>> 簡 易 估 算 表 <<

1. 第一部分：文字.語彙.文法

第一部分之合計總分為 60 分 (最低合格門檻 19 分)

按比率計算：第一部分得分 Ⓐ ⬚ 分 × 60 ÷ 84 = ⬚ 分

	答對題數	每題配分	得 分
問題 1		1 分	
問題 2		1 分	
問題 3		1 分	
問題 4		1 分	
問題 5		1 分	
問題 6		2 分	
問題 7		2 分	
問題 8		2 分	
問題 9		3 分	
合　計			Ⓐ

----

2. 第二部分：読 解

第二部分之合計總分為 60 分 (最低合格門檻 19 分)

按比率計算：第二部分得分 Ⓑ ⬚ 分 × 60 ÷ 63 = ⬚ 分

	答對題數	每題配分	得 分
問題 10		3 分	
問題 11		3 分	
問題 12		3 分	
問題 13		3 分	
問題 14		3 分	
合　計			Ⓑ

第四回 答 案

題號	1	2	3	4	5	6	7	8	9	10
ANS	4	2	4	1	2	2	1	4	3	2

題號	11	12	13	14	15	16	17	18	19	20
ANS	4	3	2	4	4	4	1	3	2	3

題號	21	22	23	24	25	26	27	28	29	30
ANS	3	3	2	4	2	3	4	3	2	4

題號	31	32	33	34	35	36	37	38	39	40
ANS	4	3	1	4	1	3	1	2	2	4

題號	41	42	43	44	45	46	47	48	49	50
ANS	4	2	4	1	3	2	1	4	3	1

題號	51	52	53	54	55	56	57	58	59	60
ANS	3	1	3	3	3	4	4	4	3	1

題號	61	62	63	64	65	66	67	68	69	70
ANS	3	1	4	1	2	4	3	3	3	1

題號	71	72	73
ANS	4	2	4

**第四回 重組練習題 ANS

(43) 1-2-4-3　　(44) 4-2-1-3　　(45) 4-3-1-2

(46) 4-1-2-3　　(47) 3-1-4-2

第 五 回

問題1~6影片解析

>>> 言語知識（文字・語彙）<<<

問題1 ＿＿＿のことばの読み方として最もよいものを、
1・2・3・4から一つ選びなさい。

1　1989 年は日本の平成元年ですか。
　　1 かんねん　　　2 がんねん　　　3 けんねん　　　4 げんねん

2　さっきから眠気を覚ますようなすがすがしい空気を呼吸して
　　いる。
　　1 ねむりけ　　　2 ねむけ　　　3 ねむりき　　　4 ねむき

3　普通の人は、富への欲望に限りがありません。
　　1 つや　　　　　2 かど　　　　　3 きば　　　　　4 とみ

4　私は、何か悪いことをやったのではないかと疑っていた。
　　1 うしなって　　　　　　　2 たたかって
　　3 うたがって　　　　　　　4 つちかって

5　山田さんはいつも賢いやり方で上司の目を引いている。
　　1 ひとしい　　　　　　　　2 かしこい
　　3 あらい　　　　　　　　　4 おそろしい

問題 2 ＿＿＿＿＿の言葉の漢字で書くとき、最もよいものを、
1・2・3・4から一つ選びなさい。

6 彼はいつも私の<u>けってん</u>をさがしてばかりいる。

1 決点　　　　2 欠点　　　　3 絶点　　　　4 結点

7 趣味と<u>とくぎ</u>を生かして有意義な一生を送りたい。

1 独技　　　　2 特義　　　　3 特記　　　　4 特技

8 いつも<u>みえ</u>を張っていたので、張さんはいま借金だらけ
になっている。

1 見栄　　　　2 見恵　　　　3 見影　　　　4 見会

9 彼は一年生から今まで班長を<u>つとめて</u>いる。

1 勤めて　　　2 務めて　　　3 努めて　　　4 勉めて

10 この夢を叶える可能性はごく<u>わずか</u>だが、まったくない
とはかぎらない。

1 細か　　　　2 微か　　　　3 少か　　　　4 僅か

問題3 （　）に入れるのに最もよいものを、1・2・3・4 から一つ選 びなさい。

11 目（　）というのは男と女の本性を如実に表している
事が多い。

1 かた　　　　2 つき　　　　3 ぶり　　　　4 がら

12 朝食をぬいて昼食と一緒に食べるブランチ（　）が
増えてきたようだ。

1 式　　　　　2 族　　　　　3 殿　　　　　4 風

13 社会の窓と向き合ったとき、人間は社会（　）を問われる
にちがいない。

1 力　　　　　2 学　　　　　3 性　　　　　4 化

問題4 （　　）に入れるのに最もよいものを、1・2・3・4 から一つ選 びなさい。

14 空き缶は（　　）から資源ゴミに出してください。
　　1 つぶして　　　　　　　　2 こわして
　　3 くずして　　　　　　　　4 たたんで

15 彼は選挙演説の中で、いつも国民が安心して暮らせる社会 にするために、暴力を絶対に（　　）しなければならない ということを主張している。
　　1 追放　　　　2 放出　　　　3 解放　　　　4 解散

16 彼は、漢字どころか、カタカナも（　　）書けない。
　　1 円満に　　　2 端的に　　　3 満足に　　　4 切実に

17 世界各国の支社を（　　）で結び、会議を行えるようにした。
　　1 コントロール
　　2 メッセージ
　　3 オンライン
　　4 オートマチック

18 友だちにパーティーにさそわれ、（　　）その日は空いて いたので、行くことにした。
　　1 たまたま　　　　　　　　2 たまに
　　3 ときどき　　　　　　　　4 めったに

19 経済活動の場を広げるために、多くの会社が海外に（　　　）
　　している。
　　1 進出　　　　　2 転出　　　　3 脱出　　　　4 進行

20 都会では近所づきあいを（　　）と考える人が増えている。
　　1 わずらわしい
　　2 はなはだしい
　　3 あらい
　　4 よそよそしい

問題 5 ＿＿＿の言葉に意味が最も近いものを、1・2・3・4 から一つ選びなさい。

21 何回も呼んだが、彼は聞こえない<u>様子</u>をしていた。

1 ふり　　　　　　　　　2 もよう

3 みとおし　　　　　　　4 かかわり

22 山田さんの車はとても新しく、<u>維持</u>もしっかりしている。

1 メンテナンス　　　　　2 リラックス

3 コレクター　　　　　　4 カウンセラー

23 日本では貯金のない人が 20%を<u>下回った</u>。

1 届いた　　　2 増えた　　　3 割った　　　4 達した

24 その件について、明日　<u>相談会</u>がある。

1 見合わせ会

2 待ち合わせ会

3 打ち合わせ会

4 掛け合わせ会

25 最近、<u>はげしく</u>流行が変わるので、どんな服を買えば よいか分からない。

1 てばやく　　　　　　　2 めまぐるしく

3 すばやく　　　　　　　4 あわただしく

問題6　次の言葉の使い方として最もよいものを、1・2・3・4から一つ選びなさい。

26 **終始**

　1 質問に対してあの生徒はあいまいな答えに終始していた。

　2 この工場の新入社員は皆、終始元気に働いている。

　3 山田さんは日本のために研究者として終始独身を通した。

　4 彼女のことが終始、頭から離れられない。

27 **情緒**

　1 家に帰ると、洋子さんは急に情緒が悪くなって泣き出した。

　2 いつになっても彼は作曲に情緒を燃やしている。

　3 上司の情緒をとるのはもう二度とやるまい。

　4 ここは昔植民地だったところで、異国情緒が豊かな町だ。

28 **ビジョン**

　1 このデジカメはビジョンがどのくらいあるか。

　2 幸せな家庭のビジョンを彼女に示したい。

　3 事故にあって目のビジョンが見えなくなった。

　4 貞子からのちょっとしたビジョンで山田はびっくり
　　させられた。

29 荒い

1 この<u>荒い</u>土地に植えても、育つはずだ。

2 人使いが<u>荒い</u>ことは周知のことだ。

3 休む時間さえもないなんてスケジュールが<u>荒い</u>。

4 地震に<u>荒い</u>ビルが要求されるようになった。

30 課題

1 議会では原子力発電の<u>課題</u>が激しく討議された。

2 宿題の作文の<u>課題</u>は「昨日　今日　明日」だそうだ。

3 毎日三十分軽い運動を<u>課題</u>にしていると心に決めた。

4 人類と自然のハーモニーを<u>課題</u>にした写真展を見に行った。

第 五 回

問題7~9影片解析

>>> 言語知識（文法・読解）<<<

問題7 次の文の（ ）に入れるのに最もよいものを、
1・2・3・4から一つ選びなさい。

31 その庭園はほとんど手入れをしていない（ ）、
雑草が生い茂り、芝生がはげていた。

1 にすぎず　　　　　　　2 らしく

3 くらいで　　　　　　　4 かぎり

32 ゆみ子さんはいままで何匹（ ）犬を世話してきたんだ。
そんな初歩的な注意などするまでもないよ。

1 さえ　　　2 もの　　　3 まで　　　4 ほど

33 老人ホームにやってくるボランティアの人がいる。
やってくると、老人に（ ）親切にする。

1 いかに　　　　　　　2 やたらに

3 ただちに　　　　　　　4 げっそり

34 連絡がない（ ）、彼は参加しないということなのだろう。

1 ことだから　　　　　　2 のみならず

3 わけだから　　　　　　4 ものだから

35 A：来年から一年ほど留学（　　）と考えています。

B：留学なんて私にはとても無理だな。

1 したっけ　　　　　　　2 しようとは

3 しなくたって　　　　　4 しようかな

36 どんなに難しい仕事でも努力と工夫を重ねれば、おのずから

道は（　　）です。

1 ひらくはず

2 ひらくべき

3 ひらけるべき

4 ひらけるはず

37 （　　）家庭へのパソコンの普及がすすんでいる。

1 ビジネスにかぎって

2 ビジネスはもちろん

3 ビジネスを契機に

4 ビジネスをおいて

38 A：以前に比べてドルが大変高くなりましたね。

B：そうですね。このように高くなると、私達外国人の

生活も（　　）楽です。

1 いくらも　　　　　　　2 いくらでも

3 いくらか　　　　　　　4 いくら

39 100 点は無理だ（　　　）せめて 80 点は取りたい。
1 とすれば　　　　　　　　2 としたって
3 となれば　　　　　　　　4 となったって

40 これ、先生に（　　　）本です。長い間ありがとうございました。
1 お借りになった
2 借りられた
3 お借りした
4 借りてさしあげた

41 A：花子さんは今日お休みですか。
B：さあ、花子さんのことだから、また調子が悪くて
　　医者へ（　　　）。
1 でも行っているのでは
2 さえ行っているのに
3 でも行っているだろうに
4 さえ行っているのでは

42 妹は「自分でやる」と言っておきながら、今日もお弁当を
（　　　）。
1 つくらせてもらいます
2 つくらせてくれておきます
3 つくってもらっています
4 つくってもらっていきます

問題8　次の文の＿★＿に入る最もよいものを、1・2・3・4から一つ選びなさい。

43　一年に一回くらいはまだなんとか、こんなに ＿＿＿＿ ＿＿＿＿ ＿★＿ ＿＿＿＿ さしつかえる。

1　しょっちゅう　　　　　　　　2　普段の生活にも

3　ようでは　　　　　　　　　　4　停電する

44　会社名が変わるのを ＿＿＿＿ ＿★＿ ＿＿＿＿ ＿＿＿＿ ことが決められた。

1　社員の制服も　　2　新しく　　3　契機に　　4　する

45　私は医者としてできるだけ患者の不安や悩みを ＿＿＿＿ ＿＿＿＿ ＿★＿ ＿＿＿＿ 努力している。

1　聞き　　　　　　　　　　　　2　患者が安心して

3　よう　　　　　　　　　　　　4　医療を受けられる

46　国民の生活を ＿＿＿＿ ＿＿＿＿ ＿★＿ ＿＿＿＿ 政治家としての使命だと考えます。

1　ものにする　　　　2　それが　　3　こと　　　　4　よりよい

47　悲惨な子供たちの ＿＿＿＿ ＿＿＿＿ ＿★＿ ＿＿＿＿ 始めたのです。

1　きっかけで　　　　　　　　　2　この支援活動を

3　見たのが　　　　　　　　　　4　姿を

問題9 次の文章を読んで、文章全体の趣旨を踏まえて、 48 から 52 の中に入る最もよいものを、1・2・3・4から一つ選びなさい。

ボク個人は、日本を変化しつつある社会だと見なしているが、ボクは多くのアメリカ人が日本のことをまったく変化のない社会だと見なしてしまう気持ちもよく分かる。それは、部分的には、日本人自身の責任でもある。 48 、それは日本人自身が日本特殊論を主張するからだ。

ボクは、ある種の優越感に根ざしたこの日本特殊論があまり好きではない。「 49A 」が箸を使ったり、電話で「もしもし」と応える程度の日本語がしゃべれるといった類の小さな事に、とても深く感心する。悪意のないことはボクにもわかる。でも、その背後には、日本人は他の民族とは違う、日本語は世界一難しい言葉であり、われわれ日本人にしかそれを用いることが出来ないという 49B を感じてしまう。「外人」だって練習をすれば、かなりの程度、箸も使えるようにもなれば、日本語だって話せるようにもなるのだ。

このような日本人の悪意のない閉鎖性によって、ボクたち外人は時々ある種の（注1）疎外感を覚えることがある。きっと「外人」には分からないだろうという、日本人にとってはごく常識的な考え方が（場合によっては親切心からかもしれない）、 50 。差別され

ているように思えてしまう。このような体験は多かれ少なかれ、異国でくらした経験のある人ならば皆感じることである。しかし、それはとりわけ 51 ようにボクには思える。

　(注2)「車座」という言葉があるが、ボクはこの言葉が日本という社会のある側面を的確に表していると思う。大勢の人間が円形に座って対面しあい、外の人間を入れない。「外人」とは文字通り、この 52 の外の人なのである。

(注1) 疎外感：自分が必要とされていない、ひとりぼっちだ
　　　　　　　　という感じ。

(注2) 車座：多くの人々が輪のようになり、内側を向いて並んで
　　　　　　　座ること。

48

1 ところで　　　　　　　　2 それにもかかわらず
3 なお　　　　　　　　　　4 つまり

49A-B

1 外人　　　/　優越感

2 日本人　　/　距離感

3 外人　　　/　劣等感

4 日本人　　/　達成感

50

1 「外人」ではくるしい

2 「外人」ならしたしい

3 「外人」にはつらい

4 「外人」とはきつい

51

1 外人にすまない   2 自分が弱い

3 外国でよかった   4 日本で強い

52

1 車座   2 グループ   3 民族   4 言い方

NOTE

問題 10　次の（1）から（5）の文章を読んで、
　　　　　後の問いに対する答えとして最もよい
　　　　　ものを、1・2・3・4から一つ選びなさい。

問題10影片解析

（1）

　あたりまえの会話の大切なこと、それがどれほど心の支えになっ
ていたか、私は父の死後、急速にそのことを感じた。父との会話に、
父の言葉に、私は深い飢餓状態に落ちこんでいった。そしてそこから
ぬけ出すことは、父に代わる誰かとの会話が必要であった。父と親し
かった人と会えば、それはすぐその場で満たされることは充分承知
していても、用事もないのに、（注）気易く漠然と自分のためにだけ
人を訪問する勇気は、私にはなかった。

（注）気易く：親しい感じで、好意的に。

53　「それ」とは何を指しているか。
　　1　父とのあたりまえの会話の大切さ
　　2　父とのあたりまえの会話が出来ない心の物足りなさ
　　3　父に代わる誰かとのあたりまえの会話
　　4　心の支えとなっているあたりまえの会話をすること

（2）

　クジラは哺乳類である。そしてもちろん、恒温動物でもある。つまり、どんな条件下でも、一定の体温を保持しなければならないわけだ。クジラの体温は人間とほぼ同じ摂氏三六〜三七度。ところが、北極や南極の海水の温度はマイナス二度。この場合、体温との差は四〇度近くも開いてしまう。このような温度差を、彼らはいったいどのように克服しているのだろうか。

54　「このような温度差」とあるが、これは何と何とを比べたものか。
　　1　北極と南極の海水の温度の違い
　　2　人間の体温とクジラの体温の違い
　　3　クジラの体温と海水の温度の違い
　　4　哺乳類と恒温動物の体温の違い

（３）

次の電子メールを読んで問題に答えなさい。

送信者：鈴木洋子＜ｙｏｋｏ＠ｘｘ．ｘｘｘ．ｎｅ．ｊｐ＞

日　時：2021年12月3日（日曜日）

宛　先：研究会員

件　名：田中先輩の送別会

　今年も残りわずかとなりました。もう冬休みの計画は、決定しましたか。皆様ご存知のように、田中先輩は来年の三月からアメリカに留学することになっていましたが、急に出発が早まることになりました。そこで、以下の通り送別会を開くことにしました。

　　　日時：12月17日（日曜日）六時より

　　　場所：ぶぐぶぐ焼肉

　　　会費：3500円

　都合のつかない方は、その理由と田中先輩へのメッセージを書いて、私宛に返信してください。メッセージはカードに（注）印字して、先輩にプレゼントのワイングラスと一緒に当日お渡します。準備の都合がありますので、「返信メール」は10日までにお願いします。

　それでは、17日の日曜日にお会いしましょう。

（注）印字：文字、記号等を印刷すること。

55 送別会に行けない人が「返信メール」に何を書かなければ
なりませんか。

1 出席できない人数と先輩へのメッセージ

2 出席できない人数と先輩にプレゼントしたい品物

3 出席できない理由と先輩にプレゼントしたい品物

4 出席できない理由と先輩へのメッセージ

（４）

　「待つ」というのは、なかなかに危うい行為だ。とりわけ、「待つ」ことが「期待する」ことと混同されるときはそうである。「期待して待つ」というのは「待つ」ことの一つのかたちではあるが「待つ」ことそのことではない。いやむしろ「待つ」ことの反対とも言えるかもしれない。

　「期待して待つ」ことには、人を視野狭窄へと追い込む傾向がある。何かの実現を、あるいは到来を、強く願って待っているうち、ひとはじだいにそのことばかりを考えるようになる。やがて、そのことしか考えられないようになる。

56　筆者の話によると、「待つ」が「期待して待つ」と違う点は何か。
　　1　物事が起きるまでの間をそっと過ごすというところ
　　2　人の考え方を狭めてしまうことになるというところ
　　3　強く願いながら物事が実現するのを思うというところ
　　4　期待した物事のことしか考えられないというところ

（５）

　古代人は、その生活を支えるために物々交換をすることを思いつき、そこに道が生じ、市が起こった。塩は海辺でしかとれず、山の人には喉から手の出るほど欲しいものであったから、物々交換の大切な対象品であった。したがって、塩の道は海と山とを結び、人類の歴史とともにはじまったであろうと想像される。塩の道は、民族の文化を彩り、（注）綾なしてきたもっとも古い、そしてもっとも重要な道の一つであったといえよう。

（注）綾なす：美しく飾る。

57　どうして古代人にとって塩の道は大切なものなのか。

1　塩の道は、古代人にとって生活を支える道だけでなく、
　　人々の結びつきを作り、さまざまな交流を持たせ、人類の
　　歴史や文化を彩ってきた道だから

2　古代人にとって物々交換をする際に、塩は山の人にとって
　　喉から手が出るほど欲しい物であり、物々交換の中でも
　　大切な交換品であったから

3　塩の道は、海の人と山の人が物々交換するときに利用されて
　　いた道であり、この塩の道によって人々は生活を支えてきた
　　から

4　塩の道は、古代人にとって文化を伝える唯一の道であり、
　　この道によってさまざまな文化を互いに交換していたから

問題11　次の（1）から（3）の文章を読んで、後の問いに対する答えとして最もよいものを、1・2・3・4から一つ選びなさい。

問題11~14影片解析

（１）

　近ごろ、人前で話をしなければならない時がふえてきた。それも、（注1）きまりきったあいさつだけではなく、かなりこみいったことがらを伝えたり、話しあったりしなくてはならなくなった。そのために、自分のことばについても、また、人のことばについても、①気にすることが多くなったように思う。

　わかりやすく伝えたり、じょうずに話したりするのにはどうしたらよいか、ということが問題になっているが、それよりももっと底に横たわっている方言の問題について、つっこんで考えてみなくてはならないと思う。

　方言は生まれついて獲得する、母なることばであるだけに、方言をすっかり引っこめることはきわめてむずかしい。多くの人は、よそゆきの場では共通語、くつろいだ場所では方言と、②ことばの二重生活をしている。そして、あまり方言を意識しすぎる人は、方言を出すまいと気をつけるあまり、話そのものをしなくなる。「方言（注2）コンプレックス」というべきものである。③これは、共通語はいいことば、方言は悪いことばという価値観がかなり根深く行きわたって

いるからである。しかし、悪いことばであろうが、方言なしで日常生活の（注3）くつろぎを得ることはできない。

（注1）きまりきった：ありふれた。普通。

（注2）コンプレックス：一般的には「劣等感」という意味。

（注3）くつろぎ：一休み、息抜き。

58　「①気にすることが多くなった」とあるが、それはなぜか。

1　簡単なあいさつをするだけでは、本当の気持ちを伝えられないから

2　人に上手く意味を伝えることが大事だと思うようになったから

3　昔と違い、最近は人前で複雑な話をする機会が増えてきているから

4　他人の言葉と自分の言葉に違いがあることに気が付いたから

59　「②ことばの二重生活」はここではどういうことか。

1　その場面や場所に応じて、共通語と方言を使い分けること

2　人は生まれながら、方言と共通語と二つの言語が使えること

3　どんな場所でも、自由に方言と共通語を使いこなせること

4　正式な場だけ方言を使い、普段は共通語を使用していること

[60]　「③これ」とは何か。

1　共通語と方言を自由気ままに使い分けていること

2　他人と話す場面では方言は相応しくないと思い、
　　話さなくなること

3　日常生活では共通語よりも方言を多く話すこと

4　方言も共通語も良し悪しがなく、両方に良さがあること

（２）

　欧米で社会の基本は個人主義であるが、日本では、"①間人主義"であると言う人もいる。独立した人格である個人が作る社会ではなく、つねに社会の中で生活する一人として、人と人の間にいることを基本においた社会であると言うのである。ある人に意見を聞いても、「みんなはどう言っていますか」と聞き返されることもよくあることだ。

　ホンネとタテマエということばも日本人の間ではよく使われる。ホンネと言うのは本音、つまり本当の声であり、タテマエは建前で、表向きの方針である。また、ホンネを個人の論理、タテマエを集団の論理としてとらえることもある。日本人は表向きの方針や集団の論理であるタテマエを優先するが、その奥に本当の声、個人の論理であるホンネが潜っていることはよくある。

　こうした、つねに他人や社会を気にしながら生きる日本人の生活の中には、②yes でも no でもない、中間的であいまいなことばがたいへん多い。「そのうちに」「いずれまた」「考えてみます」「検討してみます」などはいずれも yes でも no でもない。ある時には上司や関係者の了承をあらかじめ得ておく（注）「根回し」のための仮の yes であったり、ある時にははっきり断ると、相手を傷つけるのではないかとの配慮による婉曲な no であったりする。ただ、近年では国際的な商習慣を身に付けたビジネスマンも増えたので、yes、no、をはっきりさせる方向に向かいつつある。

（注）根回し：物事を進める際、事前に関係者の了承を得ること。

61　「①間人主義」とは何か。

1　自身の考えではなく人との間柄を重視し、それによって
　　行動様式を決定する考え方

2　少数の意見や自身の意見よりも多数の意見に耳を傾け、
　　それに従おうとする考え方

3　会社の中で個人の考えというものが存在せず、会社を
　　集団の一つとする考え方

4　ホンネとタテマエの日本の社会で、個人の考えよりも
　　タテマエを重視する考え方

62　「②yes でも no でもない、中間的であいまいなことばが
たいへん多い。」とあるが、それはなぜか。

1　日本人には社会や他人との関係を重視する傾向があって、
　　個人よりも集団の意見を大事にしているから

2　日本人はタテマエよりもホンネが大切だと思ってはいるが、
　　ホンネを直接言っては相手に対して失礼だから

3　日本人は本音を心の奥に隠しながら生活していて、
　　はっきりとした言葉が言えなくなったから

4　日本人は他人や社会のことを意識しながら生活していて、
　　本音を直接言わないことが良いとされてきたから

63 仮の YES や婉曲の NO はどんな時に使うのか。

1 他人の意見を聞くために建前を使った時や、相手に本音を
知られたくない時

2 自分自身だけでは答えることが出来ない時や、相手のために
本音を言わない時

3 上司と話し合いをして了承を取る時や、相手に自分の
ホンネを言いたくない時

4 上司に意見を求めて「根回し」をする時や、はっきりと
断りたくない時

（３）

　育児というと、おかあさんが子どもを育てるという、一方向の関係でしか語られません。しかし実際には、育児は双方向のコミュニケーションであり、親がいて、あかんぼうがいて成り立つものです。親からあかんぼうへの働きかけがあり、あかんぼうから親への働きかけがあって成り立つものが育児だと、ひじょうに強く思います。

　おかあさんが子どもを抱きしめ、そういう状況の中で子どもが（注1）しがみつき、乳首を探し、おっぱいを吸うわけです。そうしてくれないと、おかあさんはちゃんと抱くということすら、（注2）ゲノムの中には組み込まれているわけではなくて、子どもがそうしてくれることによって、子どもをしっかりと抱きしめ、子どもに授乳をするようになるのです。①そういった関係が、育児のスタート時点からあることに気づきます。

　ここでも人間のおかあさんとあかちゃんの場面を考えると、（注3）あおむけの姿勢、あるいは声かけに象徴される、身体的な接触をともなわない、離れた中でもつねにかかわっているという、声のもつ意義というか、そういう母と子のかかわりの中で生まれてくる育児の断面も、ひじょうに興味深く思います。

　というのは、ヒトのおかあさんを見ていると、まず声をかけるだけではなくて、たとえば手で働きかけます。別にあかちゃんが手を振っ

てくれるわけではないのに、あかちゃんに手で働きかけるのです。

②それが実際、チンパンジーの子どもでも、われわれが手で働きかけてみると、ほほ笑みが誘発されたりするわけです。でも、チンパンジーのおかあさんは、けっしてそのように手で（注4）あやしてほほ笑みを誘発するようなことはしません。一方、ヒトのおかあさんはそうやって働きかけるわけです。

（注1）しがみつく：離れないようにしっかり抱き付く。

（注2）ゲノム：ＤＮＡのすべての遺伝情報のこと。

（注3）あおむけ：顔や物の表面を上に向けること。

（注4）あやして：可愛がって機嫌をとってなだめす。

64 「①そういった関係」とありますが、具体的に「そういった関係」を示したものは次のどれですか。

1 子どもがおかあさんにしがみついておっぱいを吸うと、おかあさんは子どもを抱きしめ子どもに授乳するようになる

2 子どもが生まれ持った本能でおかあさんのおっぱいを吸い、おかあさんも生まれ持った本能で子どもを抱いて授乳する

3 子どもが生まれ持った本能でおかあさんのおっぱいを吸うと、それによっておかあさんは子どもに授乳するようになる

4 子どもがおかあさんにしがみつきおっぱいを吸うと、おかあさんの生まれ持った本能が呼び起こされて子どもに授乳する

65　「②それ」とはどういうことですか。

1　ヒトの母親は声だけではなく、身体的な動きの両方を用いて、
　　あかんぼうへと働きかけるということ

2　ヒトの母親は動物と違い、自分のあかんぼうに働きかける時
　　には声だけでなく、手も振るということ

3　ヒトの母親は身体的な接触によって、あかんぼうへと
　　働きかけ、コミュニケーションをとっていること

4　ヒトの母親はあかんぼうに対して、声をかける前に、
　　まず手を振って、あかんぼうとコミュニケーションを
　　するということ

66　筆者のいいたいことは何ですか。

1　あかんぼうは言葉を話せないけれども、絶えず身体的な
　　接触で母親に働きかけていて、母親はこのあかんぼうの
　　働きによって育児をしているということ

2　育児というのは、母親があかんぼうに手を振って、
　　声をかけて、さまざまな働きかけをすることによって
　　成立するものであるということ

3　人間の母親は動物の母親と違い、育児をする際には、
　　あかんぼうに声をかけるだけではなく、身体的な接触も
　　よくするということ

4　人間の母親は本能によって育児をしている訳ではなく、
　　母親とあかんぼうの双方の働きかけによって育児を
　　しているということ

問題 12　次のＡとＢの文章を読んで、後の問いに対する答えとして最もよいものを、1・2・3・4から一つ選びなさい。

Ａ

やってみないとわからないことは多々あります。結果が失敗というだけで、失敗に至ったことからわかる『知恵』を抽出しないのであれば、ただの失敗です。失敗を成功の元に変えるために、失敗したからこそ学び取れる『知恵』こそが大切だと思います。色々なことを想定し、様々な準備をしている経過こそが大切なのであって、結果はその一面でしかありません。（中略）

以前うまくいったから、今回もうまくいくはずと全く他の可能性を準備しない行き当たりばったりな人と、様々な偶発的な事態の可能性を想定して準備している人がいるとします。偶発的な事態も起こらずうまくいったため、（注1）行き当たりばったりの人が経費も手間もかからず褒められる会社と、様々な事態を想定して準備している人が褒められる会社。

どちらも成功ですからどちらも結果は同じです。結果だけをみて人や組織を判断していると見誤ると思います。経過から結果を読み取ると成功していても改善点が見出せますし、失敗しても良かったところが見出せるはずです。

B

人生において、大概のことは、結果主義であることは間違いないと思います。それが、その過程と直結しているのかどうかはともかくとして、です。大前提として、過程そのものには価値はないと思います。たとえば、大学受験については、受験勉強開始→合格発表という（注2）スパンでみれば、当然受からなければ意味がないです。当たり前です。しかし、もっと長いスパンでみれば、勉強開始→受験失敗→一念発起して料理人を目指す→地道な努力の結果レストランチェーン経営者に→幸せな老後を向かえ、たくさんの身内に囲まれて（注3）大往生という人生もあると思います（ちなみに私の叔父の話）。（中略）

　往々にして、人生はがんばった結果が本人の予想をよくも悪くも裏切ることがままあると思いますが、今努力していることに直接の結果を評価するのか、将来的にその努力を別の形で生かす（生かそうとする）ことができるのか、だと思います。

（注1）行き当たりばったりの：無計画な、無鉄砲な。

（注2）スパン：幅、間隔。

（注3）大往生：安らかに死を迎えること。

67 AとBは結果についてどのように述べているか。

1 Aは同様の結果であっても過程の伴った結果を重視している
　が、Bは結果をすべてとしながらも目先の結果だけではなく
　将来的な結果も評価している

2 Aは結果を出す必要はあるが結果以上に過程に重点を置いて
　いるが、Bは結果を重視しているものの、結果を出した過程
　も高く評価している

3 Aは結果を出すための過程は重要だが、結果も大事である
　としているが、Bは結果がすべてであり、社会の体質を
　見てもそれが明らかであると述べている

4 Aは結果の伴わない過程にそこ大事なことが含まれている
　としているが、Bは結果の出せない過程にはあまり価値を
　見出していない

68 AとBが述べていることで正しいのは次のうちどれか。

1 Aは結果よりも過程を重視しているが、Bと同様に過程の
　努力が一番大切だとしている

2 Bは結果を評価しているが、Aと同様に結果を出すために
　努力した過程は無駄ではないとしている

3 AとBともに物事の結果を重視しつつもその過程の大切さ
　にも目を向けている

4 AとBともに結果で失敗したとしても、将来にその失敗を
　生かすべきだと考えている

問題13　次の文章を読んで、後の問いに対する答えとして最もよいものを、1・2・3・4から一つ選びなさい。

　「時間を生かす」ということを意識してみると、「豊かな人生」を送っている人というのは、だいたい「忙しい人」であることが多いような気がする。わが人生において、さまざまな人とめぐり会ってきたが、「暇で暇で幸せです」という人には会ったことがない。また、「小人閑居して不善を即す」という言葉があるけれども、持て余してしまうような「暇」は、人間にとってあまりありがたいものではないのだ。ただし、「忙しさ」には二つの「忙しさ」がある。一つは「時間に追われる忙しさ」であり、もう一つは「時間を追いかける忙しさ」である。前者は「マイナスの忙しさ」であり、後者は「プラスの忙しさ」といっていい。「時間に追われる」というのは多くの人が経験したことがあると思うが、これは辛いだけで実りの少ないものである。いや、それどころか、健康にきわめてよろしくない。精神的にはストレスをためやすいし、こうすると神経症的な症状に至ることさえある。また、肉体的には過労を招きやすい。

　一方、「時間を追いかける」というのは充実した人生をもたらすものである。気持ちの上だけでも時間を追いかけているとき、多くの人が「楽しい」と感じるだろう。（注1）端から見ていると「大変

だ」と思われるが、本人は決して大変だとは思っていない。「大変」どころか、逆に「幸せ」なのである。世の中には忙しいはずなのに、新しい趣味や仕事の分野を開拓する人が少なくない。たとえば、（注2）売れっ子の俳優や歌手が、あるときから絵を描き始めて展覧会で入選したり、個展を開くというのは、よく耳にするところである。また、いくつもの会社を順調に経営しながら、さらに新たな会社を興して新規事業に進出する経営者は珍しくない。自分で先を読んで計画し、道を切り開いていくから、<u>新しくやることが増えてもそのやりくりが逆に楽しい</u>し、苦にならないのである。そうした忙しさなら本人は決して嫌だとは感じていないだろう。そう考えて「忙しい人」を眺めると、忙しければ忙しいほど、人間は能力を発揮できるのだと思えてくる。自分から忙しくするというのは、それだけ人生のチャンスに数多くチャレンジしているわけだから、当然、能力がさらに伸びて、ますます好循環になろうというものだ。

（注1）端から見ている：そばから見る。
（注2）売れっ子：人気者。

69　ここでの「忙しさ」についての正しい説明は次のどれか。

　1　時間を追いかける忙しさはプラスの忙しさと呼ばれ、
　　　精神にはいいが、肉体にはそんなによくない

　2　時間を追いかける忙しさは多少、肉体的な疲れにつながって
　　　いるが、本人はそれを辛いことと思わず、かえって幸福感を
　　　感じている

　3　時間に追われる忙しさはマイナスの忙しさと思われていても
　　　それを「大変」と思わず、「幸せ」と思う人がいる

　4　時間に追われる忙しさは肉体によくないし、精神にも悪い
　　　ものをもたらすが、場合によっては逆に人の成長にも役に
　　　立つものだ

70　「新しくやることが増えてもそのやりくりが逆に楽しい」
　　とあるがその意味ともっとも近いものは次のどれか。

　1　新しい仕事による忙しさは、楽しさとはまったく逆のもの
　　　である

　2　新しい仕事は、やることが新鮮で、古い仕事よりも楽しく
　　　感じられる

　3　忙しくても、時間を工夫して使って仕事をすれば、かえって
　　　楽しく感じられる

　4　新しいことでも、最初は慣れないが、繰り返してやっている
　　　うちに、だんだん楽しくなる

71 筆者が言いたいことは次のどれか。

1 自分で先を見通して適当な計画を立てる人は時間を意識して
　生きているし、時間を追いかけることもないだろう

2 忙しいことは悪いことばかりではなく、意識的に自分の
　能力を測ることによって忙しさを避けることができる

3 時間を追いかける人は、忙しいことを忙しいことと
　見なさず、忙しいことによって成長の原動力となって
　自分をもっと伸ばすことができる

4 忙しいことが苦になるかならないかはすべては人の心
　しだいである。そして時間に追われることによって
　自分の能力を生かして豊かな生活を送ることができる

問題14　以下のは城下町における各パソコン教室の紹介です。問いに対する答えとして最もよいものを、1・2・3・4から一つ選びなさい。

[72] 徳川さんは時間がたくさんあって、文書作成を中心としてパソコンを学びたいと考えています。そして、なるべく多くの時間パソコンが使えるところがよいと考えています。彼はどこのパソコン教室に行きますか？

1　白町パソコン教室

2　黄町パソコン教室

3　赤町パソコン教室

4　緑町パソコン教室

[73] 洋子さんは週に2時間だけパソコンを学びたいと思っています。彼女が行けるパソコン教室は何個ありますか。

1　1つ　　　　　2　2つ　　　　　3　3つ　　　　　4　4つ

各パソコン教室の紹介です。

教室名	時間	回数/週	期間費用	参考情報
青町パソコン教室	1時間	3回/週	1時間1000円	・自分のペースで学べます ・分からないことはいつでも質問できます ・予約可

赤町パソコン教室	1時間	2回/週	1ヶ月 1万円	コース別指導 ・文書作成コース ・デザインコース ・計算コース ・インターネットコース
緑町パソコン教室	1時間半	2回/週	2ヶ月 2.5万円	・文書作成コース ・計算コース ・学生割り引きあり ・フリースペースはいつでも自由にパソコンが使えます
黄町パソコン教室	2時間	3回/週	3ヶ月 6万円	・集中的に学びたい人向き ・デザインコースのみ
白町パソコン教室	2時間	1回/週	三ヶ月 3万円	・文書作成コース ・インターネットコース ・週一回の気軽に学びたい人向き
黒町パソコン教室	1時間半	2回/週	1ヶ月 1万円	・個別指導があります ・質問をいつでもすることができます ・計算コース ・デザインコース

＞＞ 簡 易 估 算 表 ＜＜

1. 第一部分：文字.語彙.文法

第一部分之合計總分為 60 分 (最低合格門檻 19 分)

按比率計算：第一部分得分 Ⓐ[　　　]分 × 60 ÷ 84 ＝[　　　]分

	答對題數	每題配分	得 分
問題 1		1 分	
問題 2		1 分	
問題 3		1 分	
問題 4		1 分	
問題 5		1 分	
問題 6		2 分	
問題 7		2 分	
問題 8		2 分	
問題 9		3 分	
合 計			Ⓐ

2. 第二部分：読 解

第二部分之合計總分為 60 分 (最低合格門檻 19 分)

按比率計算：第二部分得分 Ⓑ[　　　]分 × 60 ÷ 63 ＝[　　　]分

	答對題數	每題配分	得 分
問題 10		3 分	
問題 11		3 分	
問題 12		3 分	
問題 13		3 分	
問題 14		3 分	
合 計			Ⓑ

第五回 答 案

題號	1	2	3	4	5	6	7	8	9	10
ANS	2	2	4	3	2	2	4	1	2	4

題號	11	12	13	14	15	16	17	18	19	20
ANS	2	2	3	1	1	3	3	1	1	1

題號	21	22	23	24	25	26	27	28	29	30
ANS	1	1	3	3	2	1	4	2	2	2

題號	31	32	33	34	35	36	37	38	39	40
ANS	2	2	2	3	4	4	2	3	2	3

題號	41	42	43	44	45	46	47	48	49	50
ANS	1	3	3	1	4	3	1	4	1	3

題號	51	52	53	54	55	56	57	58	59	60
ANS	4	1	2	3	4	1	1	3	1	2

題號	61	62	63	64	65	66	67	68	69	70
ANS	1	4	2	1	1	4	1	2	2	3

題號	71	72	73
ANS	3	4	2

**第五回 重組練習題 ANS

（43）1-4-3-2　　（44）3-1-2-4　　（45）1-2-4-3

（46）4-1-3-2　　（47）4-3-1-2

USB 影片課程

學習無期限 隨時可複習

日文文法完整版

日文之鑰 開啟 **翻譯** 之路

進階日文文法 + 中翻日　　　打通日文學習の任.督二脈

中高級文法(一) 15HR	中高級文法(二) 15HR	高級文法(三) 15HR	中　翻　日
授課重點 -助動詞用法 全攻略- ＊れる／られる 被動助動詞 ＊せる／させる 使役助動詞 ＊た 過去 完了助動詞 ＊う／よう 意量助動詞 ＊ない 否定助動詞 ＊ぬ 否定助動詞 ＊まい 否定意量助動詞 ＊そうだ 様態.傳聞助動詞 ＊だ 斷定助動詞 ＊ようだ 比況助動詞 ＊たい／たがる 希望助動詞 ＊らしい 推量助動詞 ＊です／ます 美化助動詞	授課重點 1. 格助詞 （が、に、へ、で、と…） 2. 副助詞 （は、も、さえ、すら、なり…） 3.「は」と「が」 4. 助詞綜合練習	授課重點 1. 動詞種類及其運用 （意志&非意志動詞.接續動詞. 瞬間動詞.變化動詞…） 2. 自他動詞 及其助詞運用 3. 助詞練習	授課重點 ＊中日對譯 短時間內學會 中翻日重要觀念 及技巧 ＊單句/短篇/中長篇 加強練習輕鬆寫出 完整且正確的日文 ＊商務貿易書信 工作文件往來 輕鬆自在 充分發揮所學日文
	中高級文法(四) 15HR	**高級文法(五) 15HR**	
	授課重點 1. 授受動詞 2. 條件句 3. 補助動詞&補助形容詞 4. 綜合文法練習	授課重點 1. 綜合文法 2. 時態 3. 改錯 4. 動詞適當變化	

紮實的文法基礎功 + 中翻日.日翻中硬實力 ＝ 國內外日語升學．進修．職場加分

NOTE _____

_____

_____

_____

_____

_____

_____

_____

_____

NOTE _____

NOTE _____

N2 模擬試題 5 回

編 著	蔡旭文
校 訂	蔡旭文
美工排版	許菽君 . 蔡誠桓 . 蔡元睿
出 版	蔡倫日語工作室
電 話	04-22213568
地 址	台中市太平區育賢路 89 號 1 樓
E-MAIL	taasahi1234@gmail.com
定 價	880 元
出版日期	2024 年 7 月 13 日 初版一刷

國家圖書館出版品預行編目資料

N2 模擬試題 5 回
蔡旭文編著 – 初版〔台中市〕
蔡倫日語工作室出版
ISBN 978-626-98780-1-7〔平裝〕
1. 日語 2. 新日本語能力測驗/JLPT